南懷瑾文化

懷師的四十三封信

劉雨虹 編

出版說明

年紀大的人有許多麻煩，尤其是與文字有關的人。因為一旦整理起舊文書稿之類時，真是意外多多，有時更不知如何是好。

最近在整理舊書信時，忽然發現了南老師寫給我的四十三封信，再讀之下，許多陳年往事，甚至老師罵人的事——更有罵我的事，都在信中出現了，而那些都是早已遺忘的事了。

找到的信，大致可分為三個時期，第一個時期老師在台灣，我在美國；第二個時期老師在美國，我在台灣；第三個時期，我還是在台灣，老師則已經到香港了。

怎麼辦呢，許多事又重新浮上心頭……

老師給我的信，現在看來，內容意義深遠。

於是首先想到，自己年紀大了，應該把這些信交給年輕學友保管，而我們這些作編輯的人之中，以彭敬最年輕，也還不到四十歲，所以我初步想，把信交給他保管，二、三十年後，信中老師罵過的人，大概都已不在了，那時彭敬六十多歲，就可以發表這些信了。

這個想法在我心中醞釀了一些日子，猶疑不決……那天早晨，唸完了《金剛經》，心中忽然蹦出來一個想法，天下事哪有什麼不敢公開的啊？老師罵的是跟他修學的人，學生還怕老師罵嗎？那是孺子可教啊！如果當老師的，對一個學生連責罵都放棄了，就證明這學生已不可教了。

老師罵人是很有技巧的，很文雅的。老師說我「欠一着，不高明」，意思是說「你真不高明，還自覺了不起！」

不過，老師也有讚揚學生的地方，反正都是教化。

想來想去我想通了，爽性把這些信，加上我對信中的人和事的註釋，一併合起來出版，豈不是一樁很有意思的事？因為老師的信中有很多內涵，甚至他內心的感觸，無奈，以及一個文化人的一切一切……都流露無遺……

不過，請有些人放心，對於老師批評太嚴重的人，我仍然把他們的名字隱去。

劉雨虹　記

二〇一九年夏月

一、從台灣寄美國

九封

一九七七年～一九八四年

第一封：一九七七年九月二十七日

留亦為難去亦難　悠悠世路履霜寒
遙聞碧海吹魔笛　幾欲青冥駕彩鸞
不慣依人輸老拙　豈能隨俗強悲歡
禪天出定生妄想　何處將心許自安

丁巳中秋關中有寄

第二封：一九七七年十一月一日

雨虹：

自洛市寄來信收到，知旅途平安，甚慰。所謂美國人對佛教的發展，及中國文化的推進，看法為何，願聞其詳。或在暇中可撰一專文報導，過幾天，正趕上《人文世界》復刊後第二期。如何，自酌之。

所謂夏君事，如論佛法果報，將來恐不止如此而已。

李炯已將我的日記（初入關）部分（也止有此一小部分），寄給呂老太太了。今天收到老太太信知道的。總算李還找得回來了。所以見面時可不提此事了。她（李）還無第二封信來，也沒有什麼事可說的。

此間一切如常，你老爺的紙廠計劃亦由明真帶來看到了，很好。不過，明真大約不可能參加，因家人不支持錢財，暫時是無法的。

此致祝

旅安

十一月一日

師字

按：

- 此處所謂夏君，乃指在美國的那位。
- 明真是老師的學生。

第三封：一九七七年十一月二十一日

雨虹：

寄回三封信都收到，曾經回了一封郵簡寄洛杉磯，不知有無轉到？不過，遺失了還就算了，沒有什麼要緊的事。

不錯，李淑君正在等加拿大的簽證，不知哪天才走的成！

刊物復刊後還不錯，真想寄一份給你，作為旅行中的消遣。

你來信所說旅美的觀感，正可證明我心目中所見的是不錯的。

此行，真希望你能隨時隨地寫下來，一定是一篇好文章，因為你有見地，有評議，一定精彩。

陶蕾如此有心，真難得，可惜慧業也不是一生一世立地可辦的。

一切平安，勿念。聽說袁先生已上班，開始作生意了，紙廠也開始籌辦了。大概都很好，所以我沒有叫人打電話問候。

此信不知你能否收到？（因你旅途變動）所以只是試覆一下。祝

平安

十一月二十一日

師字

按：

- 一九七七年九月我去美國。
- 陶蕾女士在美國因進修藝術博士，而進入佛法文化而熱心修習。
- 陶蕾的父親陶玉田原為金陵大學教授，在台任林務局長，故過從多。

第四封：一九七七年十一月二十八日

雨虹：

十一月十八日來信及兩張支票都收到，陶蕾如此真誠，無不收，正好我也有些地方要私用，就收了吧！請你先代道謝一聲，以後我再寫信。說是不要錢，結果還是見錢眼開，哈哈，真可笑。長福的中國名字叫南國熙，英文名字如次：Cadet Andy Sherrill

X女士的為人，早看透的。我也當面告訴她不要所求不遂，將來轉而罵我。其實她的一切作為，為己為利。不過，如此作法行為，結果一定一無所為，此所以眾生造業，造的太不智了。你到紐約，與她通過電話就好了，不見面，更有味。將來再見面，她就可怪你不給她一個機會，陪你玩玩，請你吃一次啊！你看，那多麼有意思。人最聰明的事，最有味道的事，就是瞪著明眼，看人說謊瞎扯而不揭穿。此乃無上密法，無上心法，傳給了你。你可要千金不賣，不要隨便傳人。一笑。大笑。

所為看光一法，乃權法也。方便法門而已。實際上，應該用固有文化，叫它是歛神返視。也就是道家所謂「煉神還虛」。最要緊的，最後不執着光，不着相，還歸虛無。虛無即空無一念也。這個要點，也必須詳告陶蕾方可。

李淑君還未動身，或者一拖再拖，就此不動了。此所謂行即不行，不行即行之禪法乎！

長福在聖誕節放假時，可能回洛杉磯省母去了。如無順便機會，就不必特別去看他了。

又王紹璠這個活寶今天已回台北，唉！

旅途平安，保重身體，我什麼都不需要，謝謝。

十一月廿八日

師字

第四封：一九七七年十一月二十八日

第五封：一九七八年一月十二日

雨虹：

元月三日函悉。淑君已於元月五日赴香港，九日轉東京赴紐約，或者你們已經碰面了，此事只順便見告而已。

種參辦文化事業，很好，但實際下地工作，又是一批人，如退回十多年，我的同鄉打游擊的退休分子，倒有些人可以跟我跑。目前，也皆老了，體力恐成問題，且多為文盲，連中文字和國語也講不清。如說我們的學人中，肯下地吃苦，看來誰也不行，不能抱任何一點希望。當然，此事如成，實際農場工作者，還須另外設法。當然以學農或近於此道的青年壯年才好。如果真發心，願力正，佛說「有願必成」。也許到時可解決，事實上，最困難的，還是我個人自己沒有緣，靠別人起來，都很難靠得住，一到利益衝突就麻煩了。況且你要移美，也是一問題的事，反正談談說說，隨緣再看，但真存此願心就好了。

陰曆已到臘月了，想必你也快要賦歸吧！說說笑笑，玩玩搞搞，閉關已到一年，看來人世光陰迅速，真是可怕。

倘使你能與代銷中文雜誌的商人搭上線，順便希望能為老古出版社代銷中文書，那也方便多了。

還有無論為種參農場或其他的事，儘量少為宗教——佛教或禪宗作標榜。我們是以整個中國文化為中心，佛、禪、道、只是其中主流的三部分而已。不然，一變成宗教販子，就太討厭了，此點你與我的意見，想必一樣。

此間一切如常，乏善可陳。

你府上想必平安順適，因在關中，也未與袁先生連絡，近日為了應付答過年賀卡，作了一首詩，寫給你玩玩：

又到禪關報歲闌　郵亭迢遞盡書丹
故園草長鶯啼處　客路清夷鵬翼安
世事早隨今昔改　問心已了有無觀
朝來自把神光照　鶴髮童顏一笑看

匆此祝

旅安

一月十二日
師字

按：

・美國有友人陳君，乃西洋參市場的銷售王，談到種參之事。向我建議老師來美國住參園，冬季半年無事修行好地方。

第六封：一九七八年一月三十一日

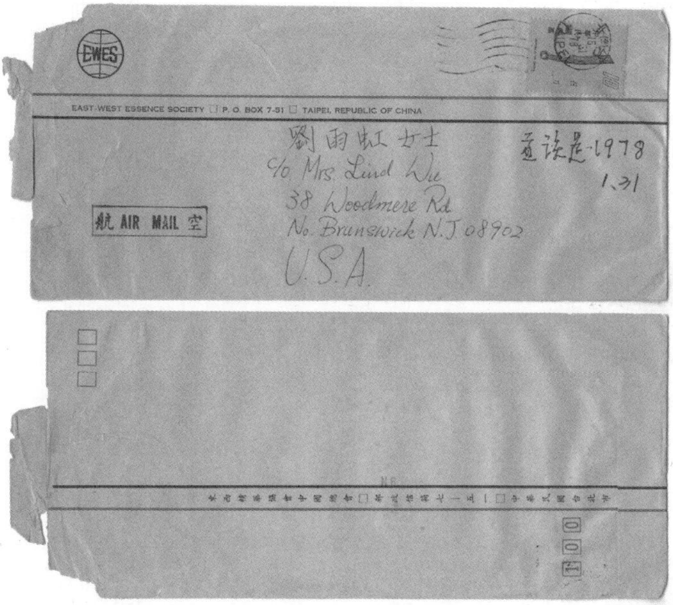

雨虹：

元月十九日的信及旅遊文稿與支票五百元均收到，今天才收到。你家的情形，前四五天才由袁老師來談起，我當時就判斷你不會回來過年了。因在此以前，我一直與正之談及你必回來過年的。

清官難問家務事，不過，我奉勸你，應該回來，只是在先弄好一個寄居一時的地方再說，例如如明真一樣，租一間套間的公寓先住下，一個月也不過七八千元租金，然後才能使精神病患者慢慢離去，你一不回，她反而可以再住下去了，不知我此意見可以採用否？如可採用，即來信，我設法為你去找住處，因為文光他們回來也是此一辦法，所以可以同時辦。

五百元先收下，謝謝，再說。種參事，不必太費神，自己沒有錢，沒有人，不行的，絕對不行的。農業發展，必須自己有百丈祖師的精神，一日不作，一日不食，你、我們年紀大了，而且根本年紀不大，也幹不了，所以作罷，只可當話題參參。靠人，誰肯出勞力養活人哪？（有錢有代價也靠不住）你我們也作不到，何況他人！

文光已拿到公民證，決定二月底，至遲三月初回來專修三個多月。又帶回一位美國佬，要求跟我專修三個月。據說根器好，人品好等等云云（不過是四五十歲的成年人）。比利時的李文，也要擬在三月間回來跟我專修一段時期。還有現在在此的一位巴黎大學博士班的小姐，也要求專修。所以在今年三四月間，必須開一特別班，專講有系統的修證法門。我希望講畢，中文、英文、法文筆記，一齊出來。那就不冤枉辛苦一場了。當然你如在此，那就如彪虎添翼，真是「有禪有淨土，好比戴角虎」了。

袁老師來談過一次，如中治，如山中寺廟，我一概不問，只問他自己的專修方向。總之：看來愈加悲愍而已，但亦愛莫能助。人的智慧，業力真難辦。

其餘的事，照你給明真之紙，一概由老古辦，老古答覆。因為明真已回家過年，須二十天後再來。祝

平安

一月卅一日

師字

按：

•「正之」就是蕭政之。

•所謂精神病患者即夫家姐，因我赴美，她即來住我家，鬧出不少

第六封：一九七八年一月三十一日

事故，所以老師勸我快回台。

• 李文是比利時人，本為天主教神父，到台灣傳教，還俗娶了祁立曼為妻，李文的中文極好，比多數中國人都道地。

第七封：一九七八年二月八日

（李炯初一下午來長途電話拜年）

雨虹如見：

二月一日函及內附陶蕾函悉刊書等事，已交古國治看過，且即照辦。因彼缺乏經驗，又遲緩一點，且逢過年，人去樓空，只他一人自己辦事，更使得他手足無措，頭腦呆滯了。

你應回來，才好安頓家事。我覺得袁先生沒有你，也許辦事等會有欠缺的。不過，你能經歐洲一遊，也很好。

昨日過年元旦，正之夫婦來談，希望你回來接辦《人文世界》，因蔡策為了票據法，須去守法坐監六個月，這一枝筆被拘進去了，更無人手，所以正之想到你。我說，一切聽因緣自在吧！因為正之急著我們的維持費之故。

淑君還在加拿大，想多留兩個月，不知可能否耳！餘已詳前函，不贅。

專此即頌

旅安

二月八日夜

師字

按：

- 《人文世界》月刊可以賣錢，作會費。

第八封：一九七八年二月二十八日

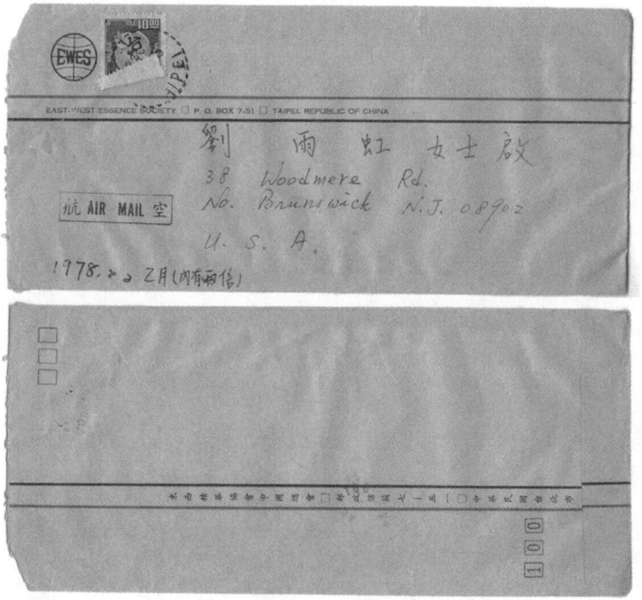

雨虹：

二月十七、廿一兩函均收到。你此時的收穫，第一、是心理上解除了陰影。第二、多年百聞不如一見的美國，總算瞭解一部分。第三、也了一了親情友情等的盼望。如此而已，已算豐收很大了。其實，走遍天下都是山水土，到處一樣，沒有什麼了不起。至於人的社會，如果久了，深入了，也會發現天下烏鴉是一樣的。我早已肯定如此，所以那裡也不想動，那一機會也當作空花。至於後一代的青年如子女們，我倒鼓勵他們都應該去看看，走走，學學。因為在此地生長，見聞經歷太仄。況且未來的時代，並非過去或現在。

此次我說開班，其實只是為了一人，朱文光。文光在這二十多年來，對我，可以說仁至義盡，犧牲太大，幫助我也太大，如我的家人子女之能遠渡重洋，也都是他一人一手幫辦完成。不然，以我的潦倒窮途，那有可能如此。就此一端，已報謝不盡，何況他的忠誠不二，唯我獨尊的情分！只可惜他般若太差，（並非世智），體力又不好，故此次特為開講，也是我一番報謝酬恩之心而已。其他的人，也只能說順便想到，沾沾光而已。——這是老實話。

譬如我也向你提過，想到陶蕾，想其他的學生。但你知道我的毛病，最容易中途變去。既通知，又後悔。為什麼呢？怕害了別人耽誤時光，勞民傷財。況且一般心理，學不學？學的好不好？站在學生立場，都會怪老師，挑剔老師。站在老師立場，也正相反在挑剔厭惡學生。——當然，除了文光，決不會如此生心。我的幾十年經驗，對誰都不敢信的。但是，因為陶蕾有過兩次硬要供養的情債，故想到她，也希望能還了心裡的賬。可是她如此的困難，又誠心要來，我又畏懼起來，生怕沒有使她有所得而歸，實在歉然。特此，希望你代我預先告訴她要考慮清楚，也要心理有所準備，只當回來玩一趟，不要以為我真能教些什麼的。千萬拜託。

據古國治說，周小姐和那姓蔡的，今天已來過，古告訴他，有此事，但未定，先留下姓名地址，再連絡。如此甚好，因為此事，正開始要租地點，並且還有文光和那外國學生的住處，也正要去租。文光個性又孤僻，不喜歡住他家裡及熟人處，所以正在找。

到目前為止，外國學生最誠懇的李文（比利時人），可能二月底先到。他真是一個學道者，最誠懇的，般若還好，但這也只能說到目前為止。

還有李文的妻子祁立曼，也很好，可惜他們因經濟困難，不能同來。祁立曼只好由比利時赴美國看父母去了。祁立曼寫一信給我，真是文情並茂。不是文學特別好，是真情流露的誠言，札札實實。這倆夫妻也真難得。

子。

還有，便是佛光山有幾個青年僧。只好答應。但生怕他們更變成佛油

總之，做這樣一件不相干的事，又須勞民破財一番。

《人文世界》和會務，那敢勞煩到你那邊，我只是直言相告，是告訴你蕭正之對你的看法很好，因話未說明，害得你著急，對不起。你坦率講的《人文世界》的話，切中弊病，這有什麼可誤會的。本來如此，最真話，直心是道場，應該的。只是有一點，你真欠一着，不高明。我現在稍稍對你說一點，人世間事，有許多只能如此，只好如此，才可苟安苟活下去。其餘的，將來你學問明白了，慢慢去參。

如以佛法而言，必須切記「天下事，豈能盡遂人意」！「十有九輸天下事，百無一可意中人」。這點，你此行回來，居家處世，應作咒語牢記才好。認真是好德行，但對出世法認真才好，對世法認真必落輪迴。

你在回來之前，如遇到在國外的同學——指與我認識的同學，會裡有關的同學，萬一託你帶什麼口信給我，叫我幫忙什麼事的。你只說代為帶到信

而已。我的脾氣古怪，拿不定的。尤其老了，這一年的閉關，心情更老了，變的更古怪，不肯管他們的閒事，如此而已。

昨天回從智小和尚一信，順便在信末寫了幾句：「心灰盡，留髮是真僧，風雨銷磨塵世事，最難妥貼對燃燈。情在不能勝」。覺得有趣，看信紙還多，特附寫給你一笑。燃燈是古佛名，釋迦之得法師也。見《金剛經》。專此祝

平安

二月廿八日

師字

按：

- 因為我批評了《人文世界》，老師一方面說我說得對，但也不客氣教育了我一番作人做事的道路，那真是我的太過挑剔的毛病，老師罵得對。老師罵我「你真欠一着，不高明」。

第九封：一九八四年四月一日

雨虹道友如見：

兩函均悉（一由賈小姐交來）。尤其以二十四日函為準確。因我一念之妄動，却將赤手空拳締造為人文文化大業之責，落在翼中道友與你身手，殊覺歉然。務望運用慧智，善於處理進退兩種之機，勿只死守「言必信，行必果，硜硜焉小人」之行。總之：吾輩老矣，於世何求，但有盡此一報身供養塵剎眾生，如此而已。其他世俗情懷，是非恩怨善惡，皆如幻響，何足論哉！

有關卡普樂來訪因緣，盡由文光面詳，道友可一一詢之，俾能與卡之師徒連絡時，知所應對也。另託文光奉上五百元，俾開支零用，人窮志短，當勿見笑，我是多事乎！餘不贅及，文光大概可備答詢。匆此祝

平安

香港藥，已由文光去取回，試之另告效用。

四月一日
老拙

按：

・老師寫信時是在台灣，我與蔡策（翼中）是奉老師之命已到了美國，擬開展文化工作。

二、從美國寄台灣

三十一封

一九八五年～一九八八年元月

第十封：一九八五年八月十二日

雨虹道友如見：

我於七月五日首途，六日抵舊金山，逗留三日，直飛華盛頓dc，接連開會及申請辦理「東西學院」立案手續，及今業已完成法定程序——批准註冊。惟尚未覓得妥當住處及辦公地點。且當續行申請有關正式大學及研究所授予學位等等之法定手續。總之：月餘來奔波勞碌，疲憊不堪，惟能深入此間房地產狀況及家庭、社會之真實情況，等於實際留學兩三年，更過確切，感知殊多，不勝贅言。總之：平地起高樓，手無裕資，辛苦艱難，實不足為無知者道也。今因連絡之需，特先設立一郵箱為通訊處，專此告知。即祝

平安

一九八五年八月十二夜
老拙

Huai-Chin NAN
915 King St., Suite A-38
Alexandria, VA 22314
U.S.A.

代候袁行廉道友好

但通訊郵箱，亦請勿濫告他人，以免無謂之煩。

按：

・老師是一九八五年七月五日由台灣到美國去的。

・袁行廉是我外子的堂姐，與我同時從學南師。

第十一封：一九八五年九月三日

雨虹道友如見：

由郭光裕帶來手書閱悉。羅梅如義父母處，待近日住處確定，當試與電話連繫，只恐羅梅如空勞往返，白走一趟，對我們對她自己都無益處，反為不值也。

此間公私立大學留美同學會，為台大、師大、文化、成功、東吳等校友，據云：約有一二百人，擬請演講。因住處未定及種種因緣，仍在遲疑，且俟機緣成熟再說。

願佛力加庇你身心健康，所求遂意。匆此祝

平安

一九八五年九月三日

老拙

按：

・羅梅如是美國人，哈佛大學比較宗教系畢業的博士，到台灣來結識了南老師，並曾在台灣某院校任教，後又返回美國。

第十二封：一九八五年九月二十四日

雨虹：

八月廿八日信收到，羅梅如返DC，一切均照你辦法，先期通知其義父母處。但我明知羅梅如乃一情緒化的不正常之人，且又是彼此文化不同根基的美國人，一切靠不住，只是隨緣為之。不然，或者我落在「見取見」成見之中矣。到期，她沒有電話來，後來叫文光再打去查問，通了電話。她說：義母有病須照應，而且很累。我也知其為實情，只告訴她應好好照應父母，你有問題找我可以。無問題，只通一電話便好了。她表示十一月份再來時連絡。我答應她搬遷後，再通知她住址及新電話好了！一切結果，如此而已。這就是通達番情的處理辦法，所以對卡普樂等等，皆取不即不離態度。除非你對他們（別人）有利，才可深交，人情古今如此，不只中外為然。

我很担心掛念你的處境，更望你能於拂逆中進德修道，除此以外，人生又有何事可為呢！我到「大西洋賭城」有詩：

道出大西洋賭城

風雲催客出三台，策杖閒觀舊戰嵬。

何必賭城始論賭，人生都是賭輸來。專此祝

平安

一九八五年九月廿四日

老拙

第十二封：一九八五年九月二十四日

按：

・此信所說我的處境，因婚姻家庭有變。

第十三封：一九八五年十月一日

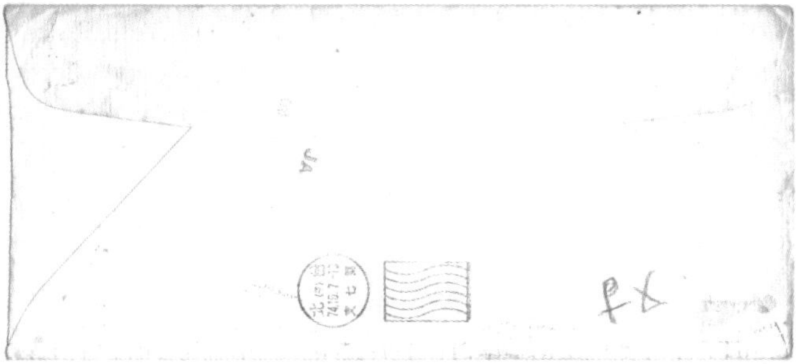

雨虹：

寄來新地址及電話號碼如下：

EAST WEST INSTITUTE
6926 Espey Lane
Mclean, VA 22101 USA
Tel：（703）356-3186

但此紙上方的通訊寄件郵箱地點，仍舊不變。皆為對外連絡用，以免無謂打開岔。

此致祝

平安

一九八五年十月一日

老拙寄於維鐵尼亞馬克林天松閣

代向袁行廉道友致意問好

第十四封：一九八五年十一月一日

雨虹道友如見：

十月五日信多日前已收閱。因播遷事，忙亂不堪，遲覆，至歉。新地址，電話，均如此紙右上角所載，不另告。所云七月底，託便人帶來之函，毫無記憶印象，也許沒有收到，而且極可能沒有收到，收到我必會覆信告知你。此間已秋高草衰，準備步入嚴冬節候，我心如冰雪，一切當俟春暖花開再定行止。徐進夫

夫婦事，固然又是如此，「人生都是賭輸來」，又復何憾。匆此祝

平安

十一月一日

老拙寄於維幾尼亞天松閣

按：

• 徐進夫是老師的學生，當時在鬧婚變，他從事英文翻譯中文的工作，許多鈴木大拙的禪宗著作，都是徐進夫翻譯的。

第十五封：一九八五年十一月二十八日

雨虹道友左右：

十一月十五日手書閱悉。書到之日，正文光在台北之時。故我處無駕車及外出投書助手，稽覆乞諒。但此事今已解決，另有同學遠道專程來此幫忙，一切均如舊時矣。來信言：前曾有一信夾在十方同學報告中，不知此時此信何以重提舊事？因十方書院同學之報告，除本年八月底收到一次外，至今皆未接有第二次報告。如你的信夾在上次的報告中，應已有所覆了。如後來另交，則至今未見。但想來應無特別重要事故，時移境易，一切皆如昨夢，不足道也。美國情形，在我觀察中，一切大不如理想，除了地大、物博、人稀之外，到底是根基不厚，文化膚淺之區。詳情容後寫專論再說。唯一好處，可適吾輩隱居，但當然需要有足夠的生活費方可。匆此，祝

平安

十一月廿八日

老拙

第十六封：一九八五年十二月十三日

雨虹道友左右：

文光來，攜轉手書，閱悉。所謂前交秀齡置手提箱內信，均已閱悉，因不關重要，故屢次回信均未提及。承蒙馮先生及諸先生之關愛，至感。其實我無所求於世，且亦無用世之心，夷險艱難於我均無所謂，故一切不介於懷。如馮先生再問，請代我致謝，容圖他日另行報謝雅意。道友之出處，似以歸家穩坐為上策，如能過道人之雲水生涯，行腳來去，自由自在，實至樂也。美國，確非勝地，自我來此，經過五個月實地仔細觀察，彌覺昔日我所認定之美國，並無謬誤，惟未能身到其地，不敢妄作狂言，恐常人之難信也。此間嚴冬已臨，正準備擁雪圍爐修禪定矣，匆此祝

平安

十二月十三夜　老拙

按：

・老師所謂「以歸家穩坐為上策」，是一句修行的成語：「歸家穩坐」，不是世俗的歸家。

・馮先生名遂福，是美國VMI軍校畢業，當時在港與大陸有來往。馮夫人是我外甥女（袁小毅），故而介紹馮給南老師。

第十七封：一九八六年二月十七日

雨虹道友左右：

近況如何？行止何處？均在念中，便中盼告，俾釋所懷。此間風雪嚴寒，景物頗宜高臥圍爐。春暖花開後，行旅何處，猶難自料，歐洲、日本，亦在考慮之中。專此

即頌

春祺

一九八五年二月十七日　老拙

（按：應為一九八六年）

希代候行廉居士安好

第十八封：一九八六年二月二十四日

丙寅元宵後一日
稍煞寒威雪猶封　蓓蕾百卉待春容
傳心辜負西來意　浮世難留過客蹤
又見白宮播木偶　常憐黃屋走蛟龍
鈴聲莫問當前事　萬里飛鵬愁萬重

時在一九八六年二月廿四日
南懷瑾未是草

按：
• 這是我和老師的詩。
冬去春來古今同　百卉春容秋亦容
西來達摩原多事　既是過客何留蹤

願打願捱木偶戲　黃屋並非儘蛟龍
成佛本來事更多　何必飛鵬愁萬重

附：

懷師作「丙寅元宵後一日」詩典注：

傳心——禪宗以心傳心，唐相裴休錄黃檗禪師法語為《傳心法要》。

黃屋——「車服黃屋左纛」。見《漢書》高祖記贊。後世稱帝王車服之代名辭。東方諸國古制亦常習用。

鈴聲——晉石勒與佛圖澄法師同坐，忽聞風吹塔鈴聲響，勒問國師主何徵兆。師答：明日出師大利。後人稱法師聞鈴語即能卜知劫運。

白宮木偶——此語作於一九八六年二月廿四日，正當菲律賓馬可仕出走事件。

圓觀記　時客維吉尼雅　天松閣

第十九封：一九八六年三月二十一日

雨虹道友如見：

三月十五日來信及附詩均收到。詩寫的很有意思，但能表達思想和情感，當然便是文藝的好作品。陶蕾的地址電話我沒有，再寫來給我也好。惟恐人事複雜，如不複雜，何妨一見再說；人老了總是可哀的，這就是欲界的人生觀之一。葉老及曹小姐，只是上次通電話一次，至今無消息。他們沒有留電話，如果留了，倒使我很難辨，難以處待。總之：高年人就是高年人，一切無能為力，亦無足為也。此間大有希望的中華民族的中青年人，很多，主要的都談過，幾乎有人同此心，心同此願的大勢。但我還在考察中，大致已答應他們，時節因緣純熟時，可為他們集體講述中國文化以及他們所希望的意見。

近日或將有巴拿馬之旅。匆此祝

平安

一九八六年三月廿一日

老拙

葉曼來信說：從智告訴她，請她當書院副院長，已經我的同意！而且大家都如此說，再辦書院及招生，都得我的同意。甚之：說是我的意思。難怪古人都被後輩冤誣，我一離開，也幾同古人了，可笑又可嘆！反正，一切不管，放下了，管他媽的！

按：

・葉老是葉南，曉園大姐的丈夫，即黨國元老葉楚傖的兒子。

・曹是葉南的女秘書（當時）。

第二十封：一九八六年三月二十七日

雨虹道友如見：

三月廿一日信及附來原支票五百元均收到。閱後，不勝感嘆，你是誠意，我豈有不知之理。但我亦最關心是你乃至諸至好之生活，自恨無力足以助人，此亦是我之誠意。現在辦法，只有先收下代為儲備，以免道友心所不安。盛情不言謝，只告知已收到了。同日亦收到南老自香江來信，暫時不來，正中下懷，因

我近日將有巴拿馬之旅，約旬日方返華府，且諸人事，均未就緒，來時招呼亦頗不易為也。茲附印其原函，備你知之，匆此祝
平安

請告知南老之字，以便覆信。

一九八六年三月廿七日
老拙

南老師：
上週原擬撥時到華盛頓晉謁，旋因去中部接洽業務致未能如願前往。現又因東方事務需返港，幸於六月中再將返美，當趨訪也。專此佈噫（按：別字，應為意）並煩
時綏

葉南 敬上
一九八六年三月廿三日

按：

・這是葉南寫給老師的信。

第二十封：一九八六年三月二十七日

第二十一封：一九八六年四月八日

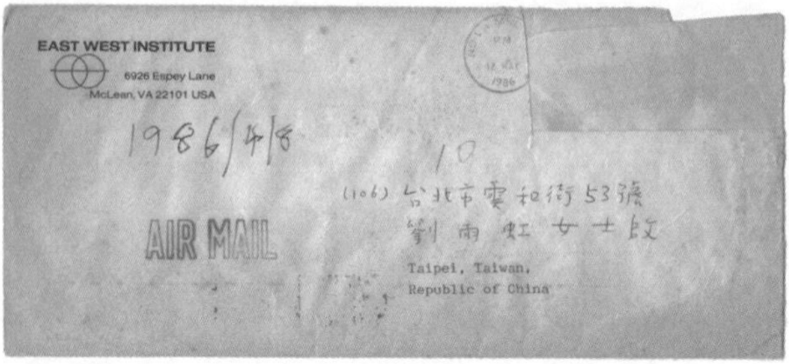

雨虹道友左右：

附有陶蕾住址電話函悉。我即將與彼通話，但一問候而已。至於你所想像，陶蕾專走修持或助作文化工作，依我猜測，絕不可能。人生習氣，不說往昔種性，但以今生現行習染言之，談何容易變化氣質。朋友關心，一相問訊，已很好了。其實，此間中西青年、中年人才也不少，只是我心情疏懶，但偶一法布施，不思大張旗鼓，也許正如你所說人老了，不用了。我所謂中西青年中年，當然包括如楠老（按：葉南）曹小姐等同路人也，此輩亦皆甚有心有志，惜限於財力，不能普遍廣覆慈雲耳。匆

此祝
平安

一九八六年四月八日
老拙

何風寄此一文，已閱，當由文光轉去，可能稍遲。

第二十二封：一九八六年四月二十二日

雨虹道友左右：

四月五日由王同學攜轉手書，閱悉。諸事平安請釋念。前信說會與陶蕾通電話，也曾通過一次，因忘記彼處時間與此地相同，夜裡打擾他，甚為抱歉！趕快說明僅是問候之意，別無他事。過後思量，不妥，恐增人疑惑，又補寄一信，再三聲明只因多年未通音問，關心問候之意，並無任何事情，終亦得到他的回

信。我想，無事不生非，稍遲作答，作禮貌上致候即好了！我於六七月間，
又將搬遷新屋，勞勞碌碌，真是煩人。此祝
平安

一九八六年四月廿二日
老拙

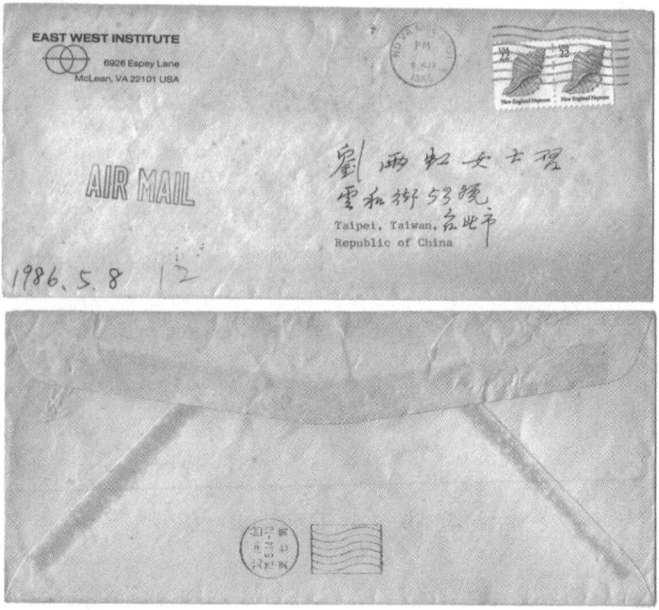

第二十三封：一九八六年五月八日

雨虹道友左右：

五月二日信及與陶蕾往返書簡等均收到。你的色身不見得有大病，但能專志使神（心）氣合一，寂然久定在氣住念住之境，不但可安然無恙，且當有返老之功效也。

我因為新購住屋事，正忙於計劃加建及遷移，約在六七月間，可能先住進去，完工當在秋後。此屋乃素美姊弟之力，暫可為我棲遲也。

行廉居士與陶蕾都屬一般常例人物，不足為異。專此　即祝

平安

一九八六年五月八日

老拙

第二十三封：一九八六年五月八日

第二十四封：一九八六年六月三日

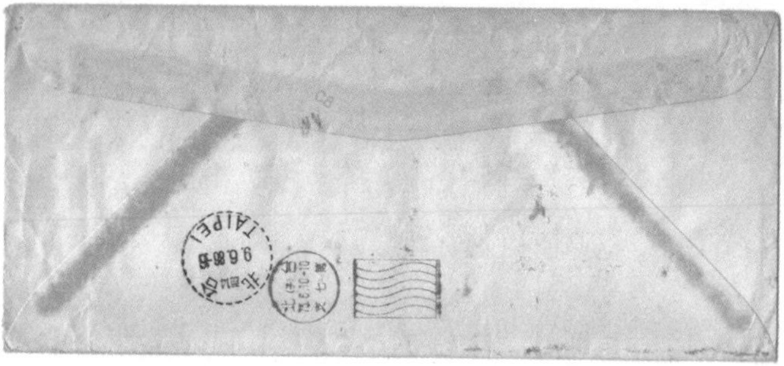

（你可向香港購入麝香虎骨追風丸試服，於腿或有效）

雨虹道友如見：

五月廿五日函悉。《習禪錄影》英譯版已出書，近日正囑文光購進百本（贈送用），並寄老古十本，要陳世志分送你及葉曼各一冊（不管她做何感想）。你如再需，可向老古拿，說記我名下即可。老古不可做廣告，此事需要與出版商辦手續才可。但英譯本，台灣不見得有銷路。

你致文光信，因附在信封內，我已看過了。何風、文顥儒文章，看都看過，一切無意見，但存其真而已。此事你已多年發心，但我始終笑而答你，勿做此想，因為我對數十年來接觸的人，都已「了了」，既使打個零分，也懶得畫一圈。其所以仍肯講講，勉強應酬，無非是自做慈悲布施。再說透澈點，也無非是自尋開心，聊當消遣而已。

XX前日打電話來，告訴我實在寫不出來，請我原諒。我問他什麼事寫不出？他說是接到你的通知。我當下即告訴他，此事你向劉老師去說，我一概不管。為什麼為了此事打長途電話給我？你看，如此這般人，有何話說。凡此等等XX，我早已厭倦萬分。總之：我仍勸你勿存希望，你的用心，我至為感謝。

你的房子不是已處理好了嗎？怎麼還可以久住此處？大概交割手續還未清了，是嗎？

近日我又為計劃搬家事忙，約須兩個月，或可稍安。新居乃傳洪姊弟購入，現金七十萬元，一切妥當，約需百萬元。塵緣世福有限，至為可畏，明日飄然何去，殊難自料也。匆此祝

平安

老拙

一九八六年六月三日

按：

• 因為我編《懷師》，向各學友徵文，有人反對編此書，有人不願寫文，但我編《懷師》的目的是為了南師七十之壽，希望學友參與寫文。

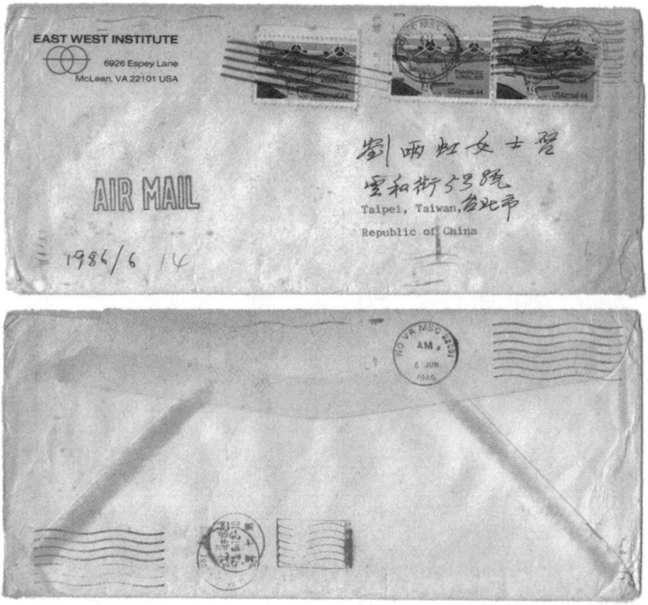

第二十五封：一九八六年六月四日

雨虹道友左右：

昨夜寫了一封信給你，好像是語焉不詳，或意猶未盡，我也懶得去審察。總之：想想，須要補寫一封信給你。你發心翻譯的《習禪錄影》，已經出版了，套句成語說：真是功德無量。但此功德只是我個人對你的心領盛情和誠意，所謂感謝莫名。因為感謝你的盛情和誠意，本來不想多說一句話，或任何一個字。說了無非是客氣的套語，於事何益。但此書能在美國的社會，發生多大作用，或有多少影響，我是一向不抱此希望的。不但美國如此，其他地方——任何國度亦復如是。

我來美國，一下飛機後一個月內，我已完全確定我在國內的看法一點沒有錯。直到現在將近一年，觀察的更深入，接觸到此邦的上層社會中的才俊，對我原先的認定，還是一樣，甚之；更加相信我的觀察是不錯的。詳情無法細告，你是聰明人，我只大概列舉，你應知之。

我在此接觸到人物，有軍政及其他社會人士，以及主要廣播電台的主持人，乃至醫生和少數學者。仍然一如在台北一樣，我的招待，還是茶烟和吃便飯。此外財法二施，等無差別。除了他們為了身體健康，偶叫同學們教教他們靜坐之外，絕口不談佛，不談禪。因為這些高不可攀的東西，對專重視現實和快速成效的人們，是望望然興嘆而已。而且最重要的，是此邦人士，大半傾向於神秘的迷信。或者說：是新時代式的迷信神秘。再不然，就是快速見效，不求準確。舉例來說，我曾非常有趣的為他們本土人士治好十多年無法根治的花粉熱，或者風溼病。當然，人數不多，況且我也不願意冒充醫術。當然，他們也希望大事宣傳。又例如有一個神秘的團體，約有一萬多中上層階級的人，正好碰到那位領導的靈神者死了，但團體還在，倘使我肯為他們解答問題，是可以設法抓住的。但我惟付之一笑，以後再說吧！當然，這比什麼中國寺院或卡普樂的禪堂，影響力大的多了。還有，紐約和華府電台一二位主要節目主持人，也希望我能起而大做宣揚，我也說再說吧！只是朋友相處而已。

此外，國內來的高級子弟留學生，也有所接觸，他們也是深深感嘆將來的國家前途和中國真正文化的命脈問題，乃至種種問題。我也只有盡其在我，視之如子女，盡量開導，答應一有機會，可以集中起來為他們開班講學，總答所有問題。文顥儒在加拿大，正在他自己國家政府中，擔任工作，是輔導大陸來加拿大的留學生。他正在為我們工作，努力介紹《論語別裁》和《孟子旁通》以及其他方面，做人和處事。他把有的留學生看了《論語別裁》以後，寫給他十分感激的信，再影印寄來給我看，使我看了無比感慨。

不料一個文顯儒，能為我們國家民族做出如此功德。真有「無心插柳柳成陰」的況味。而我們的人呢！不但一無所成，甚之，完全相反。

至於佛教方面，除了那些中心惶惶無主的我國我民外，對於美國，可以說毫無意義。不要認為少數美國人也來學，其實，一切如我在國內所說的：第一流的美國人才，趨向工商業，爭取效率發財。第二流的，才從事政治和科學。況且目前科學正鬧才荒，青年人才缺貨，只有一批老的科學家。第三流的，勉勉強強從事人文文化，教育和社會活動等等。末流的，才來學佛道和打坐，禪或密宗。而且大半藉此糊口，好吃懶做，一無所能，或精神心態不太正常的。

據美國一位朋友對我說：卡普樂那邊，大半屬於這一類。而卡的日本味太重，不受人重視云云。反正，我既不能去捧他、亦不須要他來捧我，因此，保持距離，一切無所謂。不但卡普樂處如此，既如其他方面，我也如此。

總之：我的去住問題，要做什麼？怎樣做法？我自己都不知道，更未一定如何若何？一切都還在觀察和漸求熟悉而已。尤其最近為了新置房子（諒素美已和你說過），還需加蓋，方能放置圖書，可能還有兩三個月的忙忙碌碌。當然這些都是李素美設計，和他弟弟的力量，我只是暫借枝棲而已。同時此邦的上流社會所有人物，也是他弟弟的關係，一手形成。然而我呢！總有「入世逢迎拙，依人去住難」之感。此處所謂依人，是廣泛的依人，至少我們是借土生根，談何容易。況且日用開支，咄咄逼人，苟無大力者護法，實不可一日居也。

顯老曾代表紐約大覺寺、莊嚴寺來請演講，一笑辭謝。其他如加州等地，亦是一樣。為何如此？我實一無所能，實無一法足可以予人，只能先求靜觀再說。人生到此，況味蕭然！不過，在此期中，閱讀了不少沒有細看過的閒書，解答現代史上許多問題，使我對中國文化更加無限的殷憂（不是隱憂）。匆此祝

平安

老拙

一九八六年六月四日

按：

・《習禪錄影》其中的一篇，由一位美國學生文潔苓，和我合譯，立名為《GRASS MOUNTAIN》。

・顯老即顯明法師。

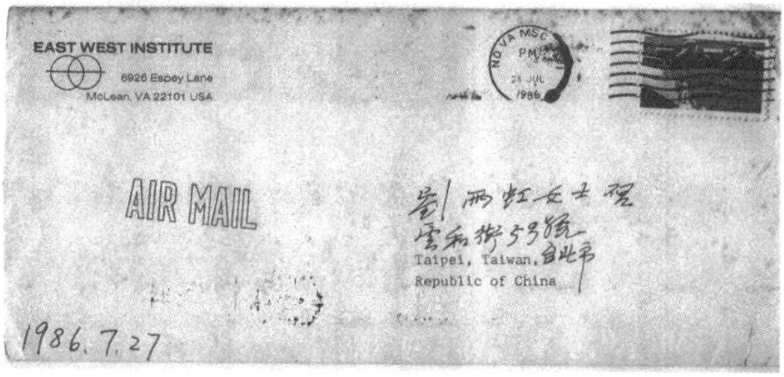

第二十六封：一九八六年七月二十七日

雨虹如見：

有關唐社長、陳世志兩篇，我已瀏覽，管他們怎樣說都可以，我無所謂。只是唐文最後有關我的通函，應該刪去。

你身體好了，我很高興。現在我尚在搬家，新址及電話如下：

EAST WEST INSTITUTE
901 Swinks Mill Road
McLean, VA 22102 USA
(703) 848-2692

另一電話703-847-9355

匆此祝

平安

一九八六年七月廿七日

老拙

第二十七封：一九八六年八月八日

志心淨土，應為一大佳事。

可賀可賀。

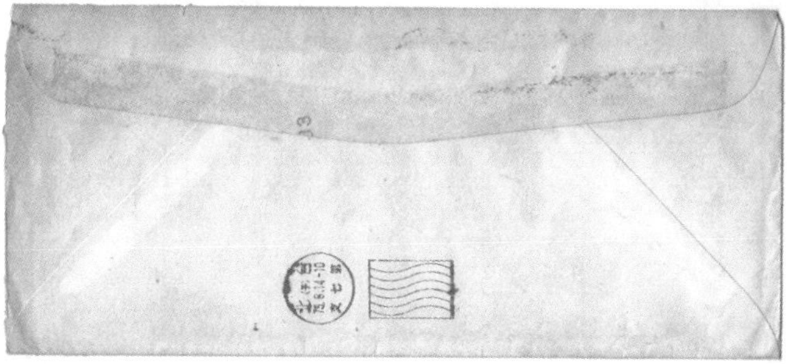

雨虹道友如見：

來函收到（未記日期之函）。知將有東南亞之旅，人生際遇，無可無不可，如此亦好。周醫師處方，甚為通達，可謂良醫矣。唐、陳二文，應改應刪，悉聽尊便，影印本大約不需要寄還，故不付郵。惟世志文中有販夫走卒，寫成飯夫走卒，或是故意點綴在場實況。最末有牽其衣裾之裾字，誤為踞，必須注意查清楚。

我尚忙於居住佈緒，近日殷曰序，黃恩悌都趕來做勞工。李文全家亦到此，月底返香港。餘不贅。祝

平安

一九八六年八月八日

老拙

鍾居士喪偶，盼代慰問。

按：

・鍾居士為台灣交通銀行襄理，學淨土宗並參加禪學班，壽至九十九。

第二十八封：一九八六年九月十日

雨虹道友：

你如赴新（按：河南新鄉），能接洽好可以批准成立圖書公司或出版社（老古名稱亦可），那就太好了，我們可另組織一公司來辦。如書的少數地方須略刪，亦無不可，因當時記錄講稿，為時、地關係，只能如此說也。至於其他細節，到時再說。此致祝

旅安

一九八六年九月十日

老拙

第二十九封：一九八六年十二月十日

雨虹道友如見：

十二月三日手書今收到。

剪報兩種亦收閱。

壽公只能如此表示，不必再說了。

你能先賣了屋還債最好，反正一身輕，決對不會餓死的。如有困難發現，當立即通知我，至少不能使你貧無立錐，衣食有虧也。切記，不可存客氣之心。

明年二三月出書事，昨亦電話陳世志，稍遲一點無妨。反正你的發心，有願必成，至於說內容嗎？只可付之一笑了事。

你每次來信，漿糊封口，往往貼了信紙，常會將信紙撕破。反正讓人檢查，略沾一點糊就好。祝

平安

一九八六年十二月十日

老拙

按：

- 壽公是原陸軍總司令劉安祺。
- 陳世志當時負責老古，出書是指《懷師》這本書。
- 所謂賣屋還債是因離婚後二人要分財產，房屋是在我名下，但是二人共同財產。

第三十封：一九八六年十二月二十九日

雨虹道友：

寄上諸稿，望你仔細斟酌改正增刪之。文光稿，是同學們在其稿件中找到的，真是未完的遺稿，由你加按語說明可也。並附上他出事資料的中英文剪報。原稿附語，是洪文亮當時在現場時所記。似有言未盡意之嫌。文光走了，我真難辦事啊！

一九八六年十二月廿九日

老拙

按：

・諸稿是指學友為《懷師》所撰之稿子。

・朱文光在此年的耶誕夜意外被大水沖走。

附：編者撰〈念文光〉一文
（刊登於《人文世界》一九九六年十一月第一卷第四期）

〈念文光〉

世界上如果真有十全十美一類人的話，毫無疑問的，文光就是一個。

從外表來說，文光是一個很端正的人，清純瀟灑的容顏，帶著天真無邪的韻味，眼中亮澈著智慧光芒，超塵絕俗。

說到他的學養，除了加州柏克萊的博士學位外，他更涉獵了極廣泛的知識和學術，以《易經》的英譯和著作而言，就已經是英美學術界公認的高段了。

最難得的是他的品格，高貴、君子、美玉無瑕，確實是與生俱來，完美無缺。

他是一個奇妙的人，永遠在不停的工作著，連休息的時間，也要順便作一些事情。

我是一九七〇年認識他的，那時他剛由美回台，在台灣大學擔任客座教授。那段時間，因為距我住處較近，常利用休息時間過來聊天。對他來說，只是路過聊聊而已，對我而言卻獲益良多，也使我稍稍瞭解他學識的淵博。可是他是不會閒聊的，時間寶貴，他看一下手錶，站起來就告辭走了。他有一定的事程表，不管如何，他要按照進度表做事，決不懈怠。

後來有一年，他在美國工作，利用下班時間，他翻譯了《靜坐修道與長生不老》一書，在美國出版。在這一年中，每天下班回家，煮一碗生力麵加一個蛋做為晚餐，整整吃了一年，吃麵後即刻開始工作。「所以呀，」他告訴我說，「我聽見生力麵就怕了。」他說這話的時候，臉上蕩漾著天真的笑容，沒有半點自憐或氣惱，好像他說的是別人一樣。

文光對人的忠誠是無法描述的，認識他的人都會承認這一點，只要他允諾的，絕對會辦到。有一次，他為了幫人辦一件極困難的事，焦急萬分，我又發現他要幫的這個人，平時對他並不友善，於是就建議他作罷，反正已經盡了力，不成也就算了吧。

豈知他卻說，「不行啊，我已經答應他要辦妥，所以一定要辦妥。」文光就是這樣的一個人，後來他真的辦妥了。

文光作事能力極強，效率也極高，一般人請客作陪等，他向不參加，以節省時間，日久習以為常，也沒有人怪他。他動作快，超乎常人，有一次，我要寫信給美國的出版商，討論一個問題，寫了幾次就覺得不妥，不免去找文光商量。他說：這個問題只要如此這般，一句話就夠了。說著說著就拿了一張紙放進打字機中，我看他一邊說話一邊要打字的樣子，還認為他對我的事不認真，豈知嗶嗶啪啪幾下子，他把信紙由打字機中抽出來說：「我替你寫好了，如果同意就簽字吧。」

果然，只有一句話，簡潔明瞭，不禁訝異他處理事情的明快。自那次以後，我也丟下了起承轉合的包袱，雖然沒能學得太像樣，倒也進步了不少。

每次收到他的來信，多半是三言兩語，說完了就算。有時一大張信紙，只有一行他的工整小字，卻也不覺突然，反正該說的都說了。

難怪他一人肩負了五個人的工作，認識他的人，都會承認這個說法。他思想敏銳，作事有條不紊，動作快，就像他走路一樣，永遠是匆匆的，急速的。

我一向懶散，有了文光這樣的朋友，真是方便太多了，在需要某些資料時，給他一通電話就解決了。他樂於助人，知無不言，言無不盡。他有一個朋友，花錢如流水，時常找上他救急。有一次我就建議他，應該勸勸這位好友，花錢留意些，不能像流水一樣。文光笑著說：「我光想發個大財，好給他花個痛快！」聽了這話真使我汗顏，原來他是這樣的氣量宏大。

與文光相處，感覺輕鬆自在，毫無壓力感，因為他祥和謙恭，不變隨緣。他樂於助人，卻從不麻煩任何人；更難得的，是他那平靜隨順的脾氣，不論事情有多麼多，他從不皺一下眉頭，只是快快的去辦。被剝奪的，是他睡眠的時間，有時他會說：忙死了，昨天只睡三小時，現在就想大睡一覺。他一邊說著，一邊露出那慣常的稚氣童真的笑容，又好像他說的是別人一樣。

在任何團體中，文光都不會有人事是非的，有人說是因為他長了兩隻大搧風耳，擋住了一切是非和謠言。是的，謠言止於智者，他就是智者。

但是他也有對人不滿的時候，當他批評一個人的時候，臉上照例掛著那稚氣童真的笑容，你聽了他的一番話，會發現某人辦事的誤差，卻毫無人事是非的糾纏。

有人常會覺得文光太過方正，有些書呆子的氣息，這一點我是不能同意的，因為我早已發現他調皮的一面。例如有一次，我邀了幾個朋友吃飯，文光也是其中之一，事先我曾問他喜歡吃什麼菜，他只說什麼都可以，讓其他的人說吧。其他的人也沒有意見，我就先建議吃西餐。

文光立刻說：夏先生從美國剛剛來，不必吃西餐了。

我又提議吃同慶樓，文光急忙又說：麵食可能不好消化。

這時我們已走到永康街口了，看見一家浙江餐館，我又建議吃浙江菜。

其他人立刻贊成了，文光也就沒有再說什麼。豈知在經過一家四川餐廳門口時，他忽然又發言了，他說：每次吃了浙江菜就拉肚子。

我們大家立刻停住腳，正好在四川館的門口，我只好說，吃四川菜如何？大家又都同意了。

進去坐定之後，他一邊脫外套，一邊說：「我最喜歡四川菜！」他的臉上帶著稚氣童真和勝利的微笑，我們大家也都跟著笑了。

文光也常在大夥兒吃飯時，說出一則笑話，他那不大善於言詞表達的笑話，別有一番幽默的味道。當他要說笑話逗人開心時，令人有一種溫馨充滿心頭的感覺，他是大家都喜愛的朋友。

可是，他卻突然走了，乾淨俐落的走了。

如果宇宙中有光明清淨的樂土，那一定是文光去的地方，他那光明磊落的品德，捨己為人的胸懷，努力不懈的精神，以及數十年玉潔冰清的生命奉獻，有什麼人能夠相比！除了他，還有誰更有資格到那個光明的仙境去呢！

第三十一封：一九八七年二月十八日

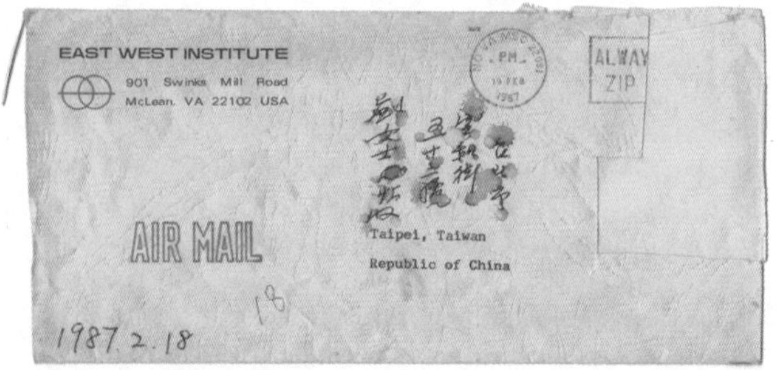

雨虹道友左右：

寄來大作序言及袁大姊文皆已收閱。

序寫的很好，簡潔扼要而善頌善獎。唯第三行首句「窄一看來」的窄字，是筆誤，應用「乍」字才對。

袁大姊文亦好，坦率純真。唯「逆龍」應改為「孽龍」才對。「逆龍」從無此稱。又：對於《雍正語錄》及《心燈語》一節，有一句「並指點我要注意看序」，應改為「並指點我要注意看他的序言」。

有關孫太太林美年前年交來一萬，今春又來一萬，共計兩萬，統已交彼親自帶回。彼此兩不欠負盛情，大為爽快。特此並告。即頌

春祺

一九八六年二月十八夜　老拙

（按：一九八七年）

按：

- 《懷師》一書的前言（即序），我寫好寄給老師看，得到老師的讚美。（不好意思啊）

第三十二封：一九八七年三月十一日

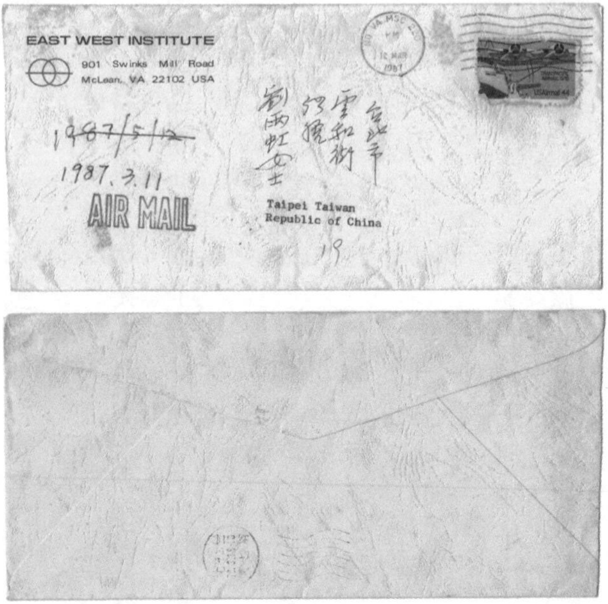

雨虹道友如見：

正欲寫信，恰好接到你三月五日的手書，請你順便代我向壽公　和公　啟宗兄諸位道謝，遠道賜電，可感之至。　壽公前豈敢言壽。

袁大姐的盛情，亦請代謝至感！

陶蕾乃散仙中人，無法自我作主者，一笑。

你來信說，為房子事，需要她去幫忙嗎？因你來信語句含糊，看不懂，故有此順便一問，不關重要。她也年歲不少了，應當珍攝。目前我處仍在安置書籍等事務中，需要的勞力與頭腦。余正如來，解決了廚司問題，但我仍不希望如台北，經常有不速之客來，殊為不通世故人情之輩。葉翎來，中文記錄，可以解決了。

英文翻譯，高手難，通這不通那，都不行。全通的，不會來。出高價亦不易找。而且我不想在此宏化，並非急需。

也許夏秋或秋冬之間，我將遠旅歐陸等地，一行時日多少，不得預料。

祝

平安

一九八七年三月十一日

老拙

按：

・王啟宗也是老師的學生，是我小學同學。

・葉翎是個作家。

第三十三封：一九八七年四月二十九日

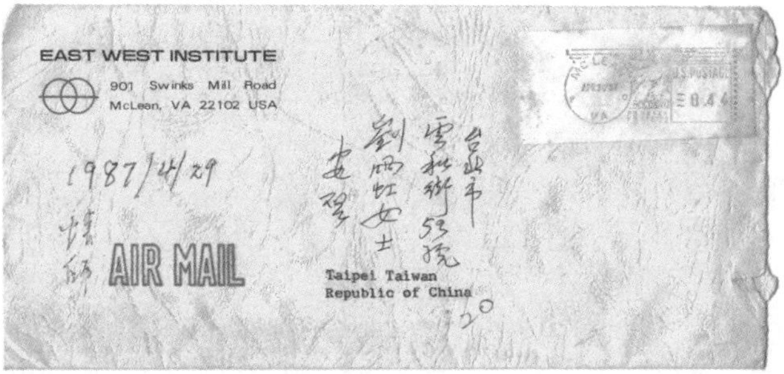

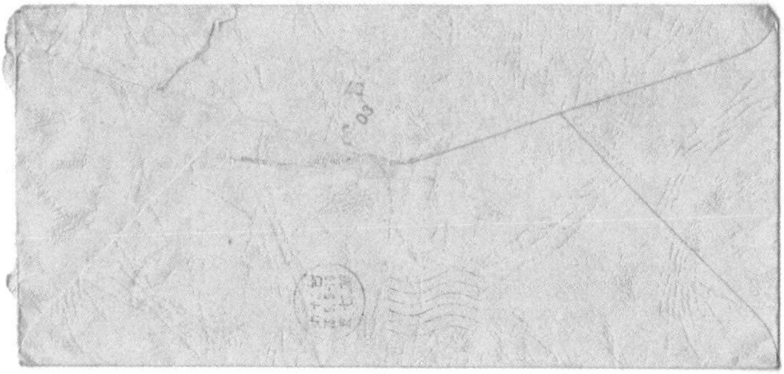

雨虹道友左右：

有關此次借題發揮諸文，頗有可觀，但整體出書題目，我還在想。

內容方面，正如與你通話，周勳男、湯宣莊、新聞稿等，涉及妻子部分皆刪，或換句方好。李淑君文有關收費兩大節刪去。最後李節出資的亦刪去，此皆為將來再說。又，蒲（按：甫）與李淑君說《論語》一稿，不必兩人合寫，實際是你寫的：（一）去掉李之名，一併附在你文之後，還其真實。（二）二人名去掉，作會裡編輯室稿，並註明何年月刊在何處。且將此文與湯宣莊文放下（按：在）本書最後作附件，註明湯文年月日期，註明是新聞稿。（因文字生澀不潤之故）

全書次序，最好安排照你意見，第一篇是唐樹祥的，第二篇王啟宗的。第三篇你的。第四篇朱文光的。第五篇閆修篆的。不過，閆的文字，仍多可儉之處。又引用《維摩精舍》原文，須對查原書，錯字頗多。

接著便是李文、文顯儒、王海嵐等。

出家人是一組，但禪定的是此組最後。詹阿仁并在前（按：出）家組之先。最後是古國治、陳世志、洪文亮。

每人須通知徵求意見，用本名、年、籍、學、經歷（簡要的）。如他本人認為不便，視為本無誠心，何必應付，去銷了不用。

出家人用法號，隨他便，本屬可有可無，且不妨礙他們的教內前途為要。

原稿寄來，已閱過，用紅筆改正錯別字，而且將原稿寄回，備你參考。

又：本書主編就用你名，事實就是事實，我們不必迴避。將來事將來再說。

此書完了，極須將文光的書弄好了債。

然後，我可能動，你也許要動，到時再連絡。匆此祝

平安

一九八七年四月廿九日

老拙

按：

・討論有關《懷師》的稿件。

第三十三封：一九八七年四月二十九日

第三十四封：一九八七年四月三十日

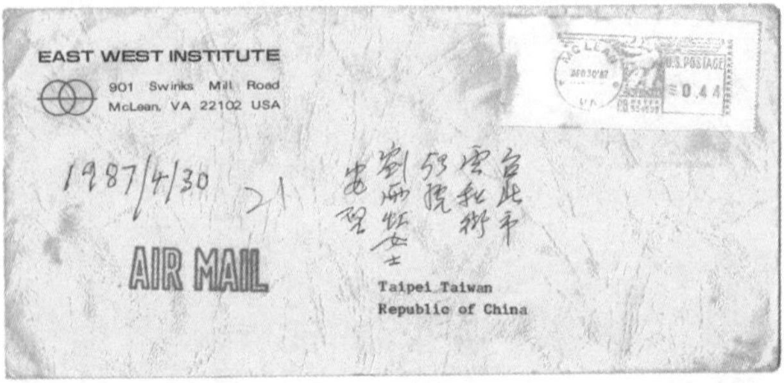

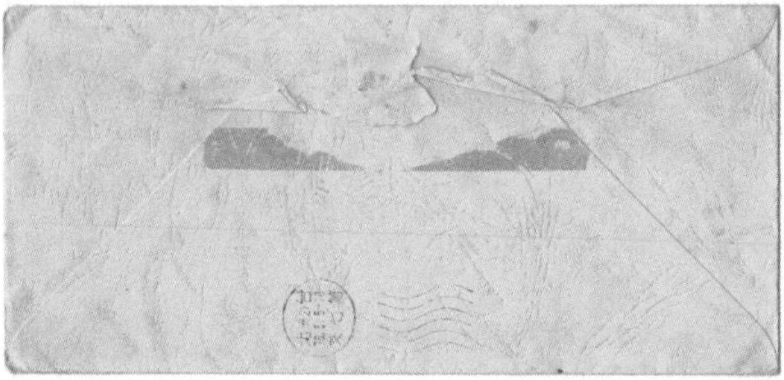

雨虹道友左右：

今天文光火化後，檢收靈骨，為了明天送到紐約莊嚴寺安靈（寄放靈骨），所以張炳文夫婦自紐約來，帶來他上次順便帶去你寫文光的一篇文稿。炳文在北美日報任職，他就代你發表了，我也不知道。他還說，稿費他會叫報館寄來。我說，那是小事，雨虹不靠稿費吃飯，你偷了我這裡的稿，該罰。彼此一笑了事。今將剪報寄上。

有關壽文稿（按：指《懷師》一書，這是為紀念老師七十壽而編的），你該刪整，就大刀濶斧處理。此致祝

平安

一九八七年四月卅日

老拙

第三十五封：一九八七年五月二十日之一

（有關尚德文章等，遲一天，另大封付郵，應稍遲到二三日）

陳世志同此

雨虹道友如見：

函悉，書名可採用唐社長意見，但為了較久較深意義，正書名可用「懷師」二字即可，副名即用唐社長所命名。佛說一經，往往取用幾個不同的經題，今人亦有師法佛經故智，一書多名。此二題都可印出，但副題應排列不同。總之，唐社長意見不錯，如何決定，由雨虹道友與諸公確定可也。

張尚德文章及信都收到，我亦看過了，但〈算賬〉一篇，應採用原先在《時報雜誌》及《十方》刊載的原文。最近一篇〈天下第一翁〉，妙題也。只怕我當不起他的恭維。我已用紅筆勾劃過，沒有用紅筆勾劃過的都應保存。關於最近他充當傳教師接引人的這些，一概暫置，且待以後再說。但我更希望他平實的述說由他最初如何與我見面（包括殷海光與我見面因緣），如何一雙無底皮鞋，如何自己刻苦讀書，在田裡挖紅茹吃，如何有今天如此落魄（也許這段簡略隱約一點），最後才是天下妙翁這幾句的結論。

另一信請交張尚德。

有關道友出境事（按：當時我被台灣限制出境），定靜以待之。或可請閆道友查查情況。總之，暫不強求可也。天下事人算往往不如天算的。匆此祝

平安

老拙

一九八七年五月廿日

按：

・關於《懷師》第一函。

・唐為「青年戰士報」社長唐樹祥。

（附南師致張尚德函）

雨虹道友　世志同閱

尚德如見：

寄來文稿與念佛錄音帶均收到。你不應在此時此地以傳教師或禪師姿態出現，只怕不成佛，不怕沒有眾生度，你應再蘊釀成熟，將來可為一方之蔭也。

你如能自有辦法來此，我極盼你能速來，然後再談今後前途。至於來此路費機票，即憑此信請世志先付，在我名下支用。

文章如何處理，可取閱我致雨虹函便知。專此祝

平安

一九八七年五月廿日

老拙

第三十六封：一九八七年五月二十日之二

雨虹道友暨世志如見：

我要尚德補寫其少年讀書時的苦況大略，與我相見後等等片段，是為後輩教育與自立的借鏡。其重要比寫學佛參禪的功德更為重要，當然不是寫自傳那樣（自傳他以後再說）。同時，也是暗示將來為人師長或長上的，應該如何愛護後進與培養後進的借鏡。此意須知是借題發揮的作用。故特補說明白。

老拙又及

一九八七年五月廿日晚

按：

- 關於《懷師》第二函。

第三十七封：一九八七年五月二十一日

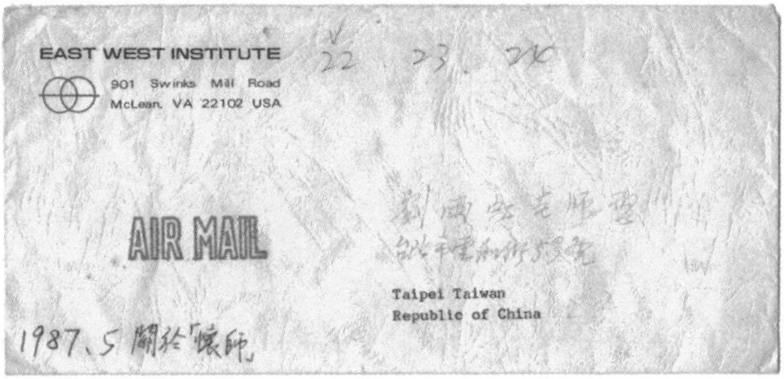

雨虹道友：世志弟：

今天上午剛叫黃恩悌寄發一包張尚德的文章後，承宏忍師在書庫雜堆中努力找，總算找到了張尚德的舊文一篇，很高興，今寄上。望你兩位與尚德商量，如何剪接，我很希望保留這一篇舊文的原貌和原意。甚之，我想過去在台灣，我用紅筆刪去（現有打X的痕跡）都應恢復，保持原狀。當然，這要由你三位研究決定。假如在此地，一切皆無問題。在我，我是無所謂的，反正很快要出文光的書，文光的家世遭遇，坦然說出，更為驚人和丟人（不是文光丟人，是居高者吃不消），這是我必須要做的事，我已很多年忍住春秋之筆了，春秋筆也快要生霉爛了，真不是味道。

總之：尚德的不必新寫，只把這幾篇舊文連接起來就好了。

匆此祝

平安

一九八七年五月廿一日

老拙

明後天又有一包我的詩稿到，決心滿了世志的願，要出詩集了。

按：

• 關於《懷師》第三函。

第三十八封：一九八七年六月十二日

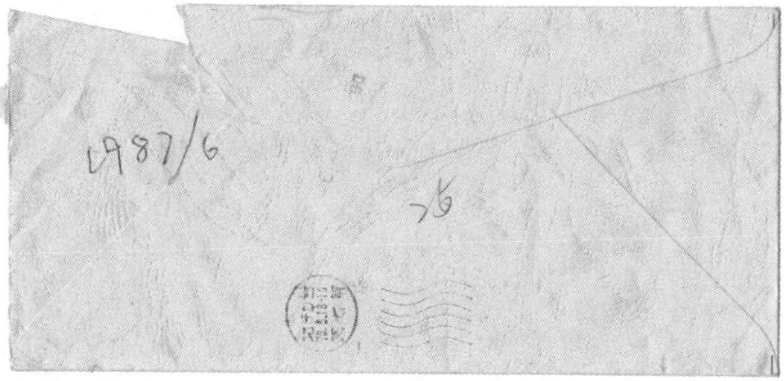

雨虹道友左右：

六月一日手書閱悉。

探親乃好事，出入欠周思，此為意中事，亦無所謂痴，到時自解脫，姑妄且待之。

葉（按：葉翎）君寫文，原為應酬話，你輩認真，則為不智，但彼此皆似做戲，我想你亦明知故作而已，今當早作了結為妙。

淑君文，無論如何改寫，亦不過如此而已，亦不必等。如你們決心作，不管任何人情即可。水停百日即生蛆，夜長夢多，划不來。如手頭拮据，即告知。專此祝

平安

老拙

一九八七年六月十二夜

第三十九封：一九八七年六月二十八日

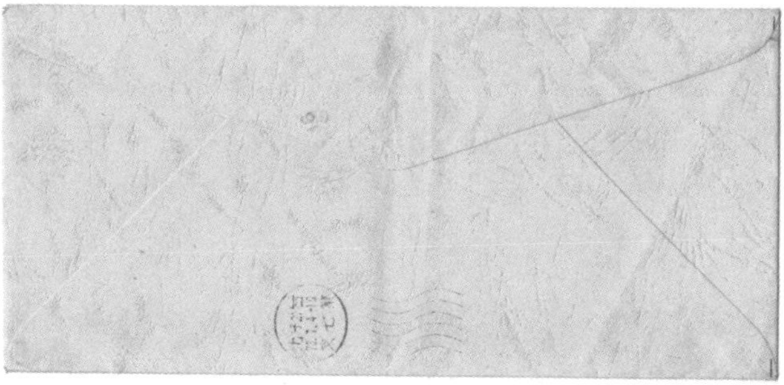

雨虹道友左右：

六月十五日信函悉。

袁大姐要印的《金剛經》，已電話中告知陳世志照辦，一切只是隨人所願而已。

你講的兩書未看過，如方便請轉告世志買兩本寄來，不便算了。

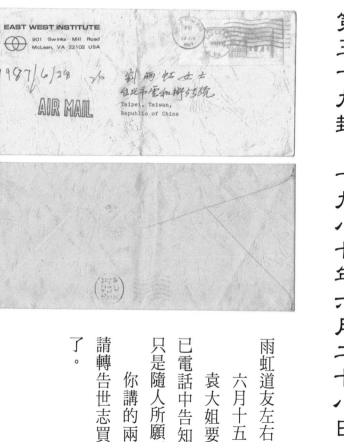

近日台北來客不絕於途，亦一苦事，餘不贅。即祝

平安

老拙

一九八七年六月廿八日

第四十封：一九八八年元月二十六日

雨虹道友如見：

信收到。玲玲此行，別無他煩，只借重她輕車熟路而已。至於引介等情，一概不在計著中，無足重輕也。勿念。包卓立事，你說的都對。我約於三日後赴港，可能在彼度過舊曆新春，如你能早日成行，或可在港一晤，得以暢敘。臨時或將約包卓立在港一面，但今未作決定耳。專此祝

平安

老拙

一九八八年元月廿六日

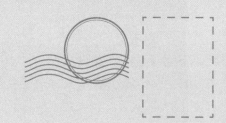

三、從香港寄台灣

三封

一九八八年

第四十一封：一九八八年八月三十日

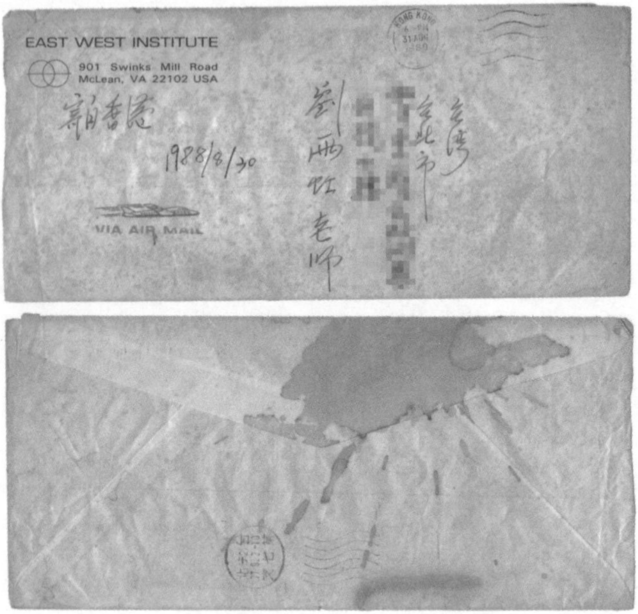

雨虹道友：

七月廿七日信早已收到，因忙且懶，稽覆良歉。所謂風雲事，猶如膚癢之煩，不足為我之大患，應無所謂。來信中言及好馬不吃回頭草之譬，實有引喻失義之嫌，看來不覺可笑，然亦無所謂也。

行廉道友已來過，匆匆一晤，急急離去，且重聽亦無法細談為憾。據告，返港時當再來詳談云云。

我諸事如恒，唯厭此時氣氛，是一障也。祝

平安

一九八八年八月卅日

老拙

并謝關注雅意

按：

•老師一九八八年正月由美回港。

第四十一封：一九八八年八月三十日

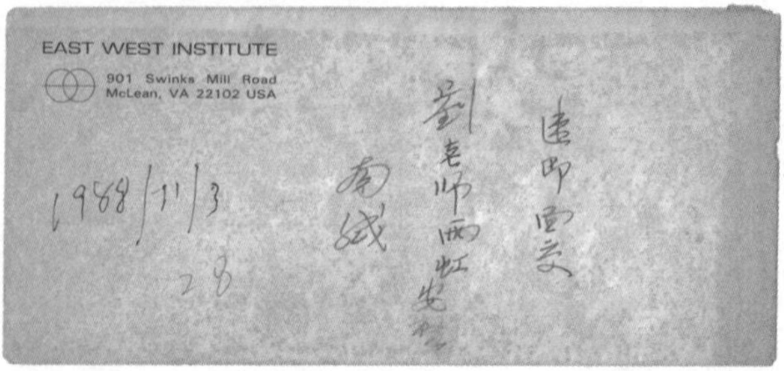

第四十二封：一九八八年十一月三日

雨虹道友左右：

你自云從地獄還陽。但我卻見你發心更真切，可喜可賀。所提宏法找人事，我意求人不如求己，如你挺身而出，則你所提之人皆可為輔。不然，此等人皆已根具增上慢心，一旦促其登席，愛之反成害之，永墮難返矣。如此等事，我已有經驗，平生親埋了好幾位，如葉（按：葉曼），如夏（按：夏荊山）。甚之，X如X某，皆為離師太早，久久自入歧途也。總之，今人根基淺薄，不知師道之難，往往口作謙恭，實皆好為人師者，不可再作慈悲生禍害，方便出下流之舉，至少我見如此。

況且彼岸待救度者，數以億計，正如你所言，他（按：指林中治）能
返閩弘揚，實是一勝事，經費欠缺，我當助之，餘不贅。即祝
平安

老拙

一九八八年十一月三日

第四十三封：一九八八年十二月

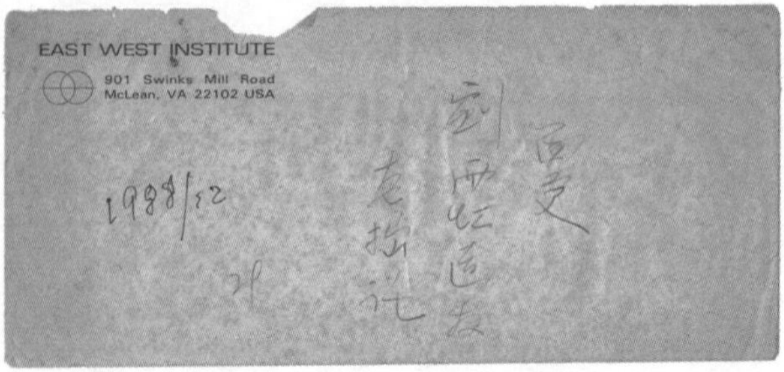

雨虹道友：

有關所謂顯密圓通講稿，紕漏百出，記錄語氣不相啣接，必須要重講，至少要仔細修整。不可，切切不可濫竽出版，如世志經辦後來所出諸書，不但台灣內外人士皆表不滿，即如大陸人士看了，亦表示書（內容）好，只可惜未經修整，錯誤太多。

老古一開始，希望在此時代中出版書刊，不是欺世盜名，有益於世，但一自我離台之後，從陳世志開始，幾乎（並非全部）所有出版，有念無意，皆變成欺世盜名之舉。

你的宏願甚好，我必促其完成，以滿你願。適李淑君返台經此，此講及大體經過，他皆在場，今責成其從速修整，我再大致瀏覽一翻，如勉強尚可再說。

你的事，我極為掛心，須知至年友人難得，一次相見一次老，他日之緣不可必。故每次要幫忙你，不是錢的問題，是心意問題。然而你固執甚深，亦不可強。現在我想趁葉翎（加祥）在台之便，你必須快辦我所講巴拉圭之件。也可做為我送你禮物，用不用，如何用，一切皆在你善自運用。望即與接洽。大陸方面要此件者日多，皆願出四萬美元，甚之，六萬多美元為之。由此可知，此物用處並不惡也。

因新病初愈，趕時付照鳳夫婦帶回，潦草之至。祝

好

老拙

一九八八年十二月

按：

・老師最後花錢給我辦了一個巴拉圭護照，可在各國都免簽證，但我只用過一次去香港。

南懷瑾文化出版相關著作

2014年出版

南師所講呼吸法門精要
劉雨虹／彙編

孟子與盡心篇
南懷瑾／講述

東拉西扯——說老人，說老師，說老話
劉雨虹／著

雲深不知處：南懷瑾先生辭世週年紀念
劉雨虹／編

禪海蠡測
南懷瑾／著

禪海蠡測語譯
南懷瑾／原著，劉雨虹／語譯

孟子與滕文公、告子
南懷瑾／講述

太極拳與靜坐
南懷瑾／講述

2015年出版

點燈的人：南懷瑾先生紀念集
東方出版社編輯群／編

金粟軒紀年詩
南懷瑾／原著，林曦／注釋

話說中庸
南懷瑾／著

孟子與萬章
南懷瑾／講述

2017年出版

靜坐修道與長生不老
南懷瑾／著

圓覺經略說
南懷瑾／講述

答問青壯年參禪者
南懷瑾／講述

說不盡的南懷瑾
查旭東／著

說南道北：說老人 說老師 說老話
劉雨虹／著

南懷瑾與楊管北
劉雨虹／編

禪、風水及其他
劉雨虹／著

如何修證佛法（上下）
南懷瑾／講述

藥師經的濟世觀
南懷瑾／講述

懷師之師：袁公煥仙先生誕辰百卅週年紀念
劉雨虹／編輯

我的故事我的詩
南懷瑾／講述

2018年出版

洞山指月
南懷瑾／講述

2016年出版

孟子與離婁
南懷瑾／講述

孟子與公孫丑
南懷瑾／講述

對日抗戰的點點滴滴
南懷瑾／口述

孟子旁通
南懷瑾／講述

大圓滿禪定休息簡說
南懷瑾／講述

我說參同契（上中下）
南懷瑾／講述

人生的起點和終站
南懷瑾／講述

孔子和他的弟子們
南懷瑾／講述

漫談中國文化：企管、國學、金融
南懷瑾／講述

跟著南師打禪七：一九七二年打七報告
劉雨虹／編

瑜伽師地論 聲聞地講錄（上下）
南懷瑾／講述

百年南師——紀念南懷瑾先生百年誕辰
劉雨虹／編

新舊教育的變與惑
南懷瑾／著

禪與生命的認知初講
南懷瑾／講述

易經繫傳別講（上下）
南懷瑾／講述

道家密宗與東方神祕學
南懷瑾／著

中醫醫理與道家易經
南懷瑾／講述

2019年出版

花雨滿天維摩說法（上下）
南懷瑾／講述

金剛經說甚麼（上下）
南懷瑾／講述

懷師的四十三封信
劉雨虹／編

編印中

原本大學微言（上下）

列子臆說（上中下）

易經雜說

懷師的親手信

第一封：一九七七年九月二十七日

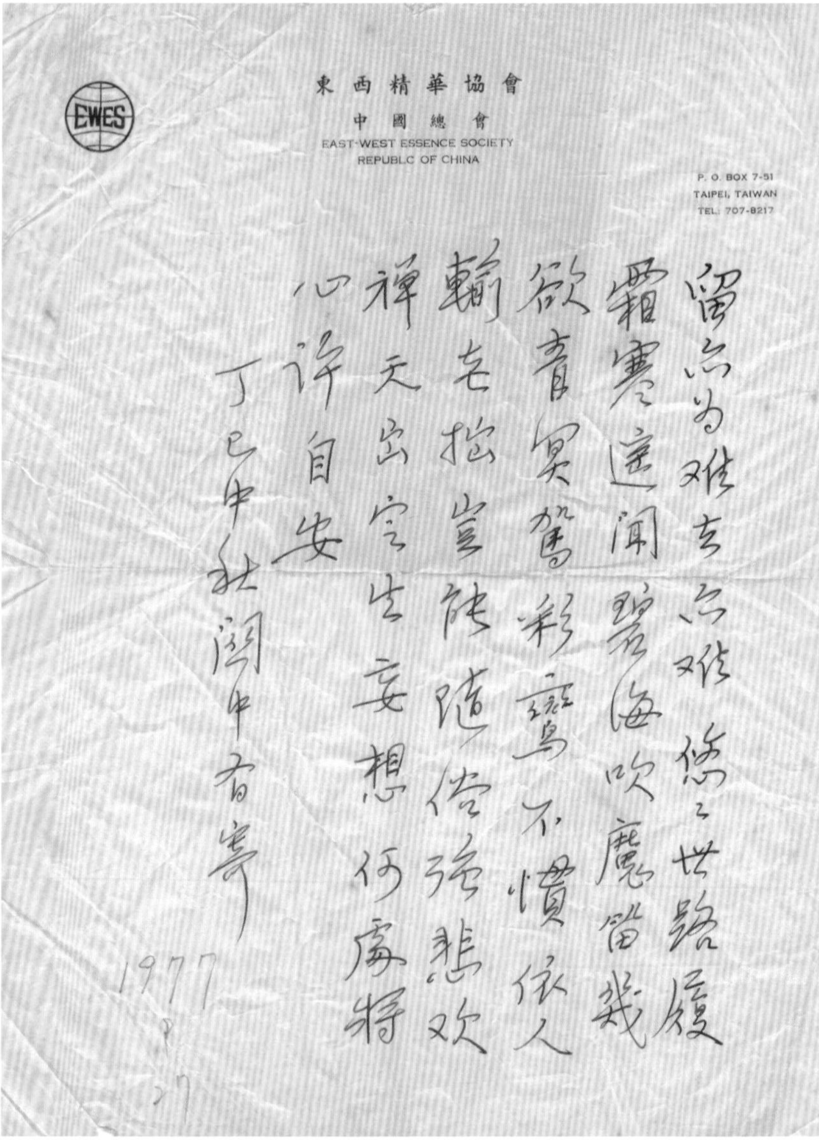
東西精華協會
中國總會
EAST-WEST ESSENCE SOCIETY
REPUBLC OF CHINA

P. O. BOX 7-51
TAIPEI, TAIWAN
TEL: 707-8217

留亦為難去亦難悠悠世路履
霜寒遥聞碧海吹魔笛幾
欲青冥駕彩鸞不慣依人
輸老拙豈能隨俗強悲歡
禪天出定生妄想何處將
心許自安
丁巳中秋潤中旨寄

1977
9
27

第二封：一九七七年十一月一日

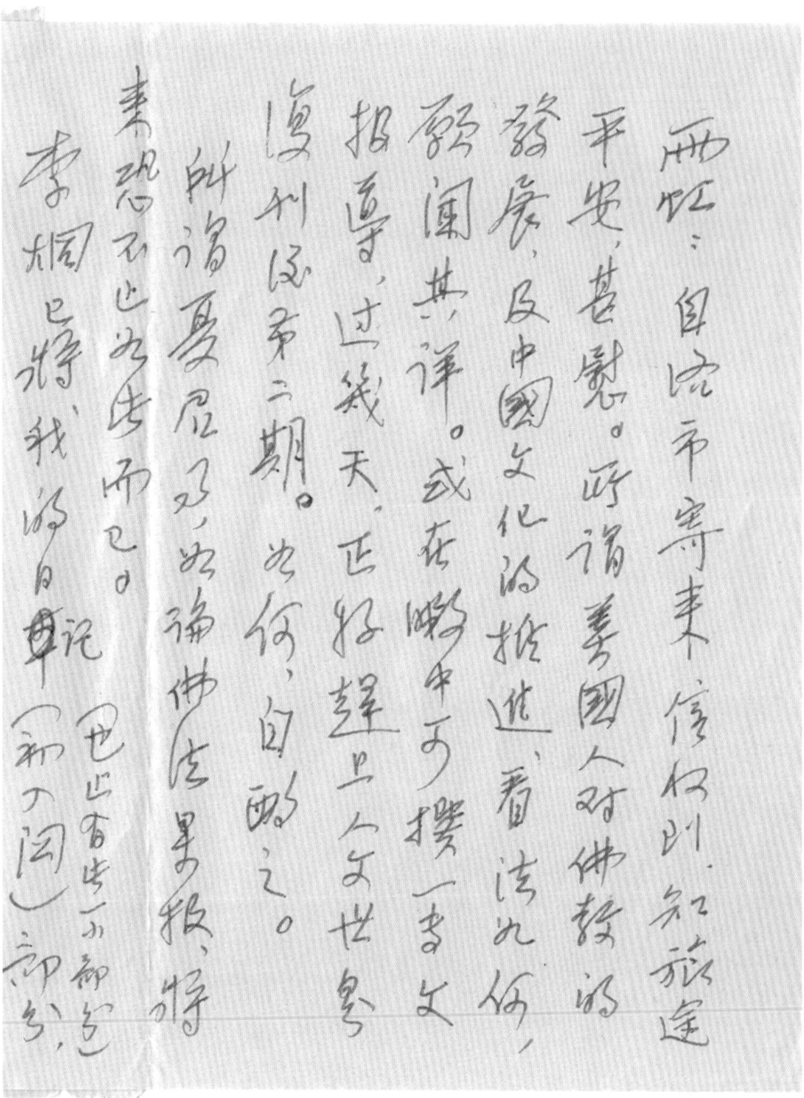

西虹：自洛市寄來信收到，知旅途平安，甚慰。所謂美國人對佛教的發展，及中國文化的推進，看法如何，盼閱其詳。或在雜中可撰一專文報導，过幾天，正好趕上人文世界復刊後第二期。如何，自酌之。

所謂夏君，如論佛法果報，將來恐不止如此而已。

李桐已將、我的日記（因此有些小部份）（新入問）部分、

寄給呂老太太了。今天收到老太太
信知道的。總算李還找得回來了。
所以見面時可不提此事了。（李）她還無
第二封信來，也沒有什麼事可說的。
此間一切如常，你老爺的紙廠計
劃亦由明真弟來看過了，很好。不過，
明真一大約不可能參加，因家人不
支持錢財，對他是無法的。
告校說
旅安
十一月一日
師字

第三封：一九七七年十一月二十一日

兩封：寄回三封信都收到，曾經回了一封她
簡寄給彩錢，不知有無轉到？不過，遺失
了還就算了，沒有什麼要緊的事。
不錯，李商隱正在年紀大的靈活，不知
那天才產的成！
刊登你的刊物還不錯，真想寄一份給你，
作為旅行中的消遣。
你來信所說旅美的觀感，正可記的
我心目中所見的是不錯的。
此行，真希望你能隨時隨地寫下來，
一定是一篇好文章，因為你有見地，有評
議，一定精彩。

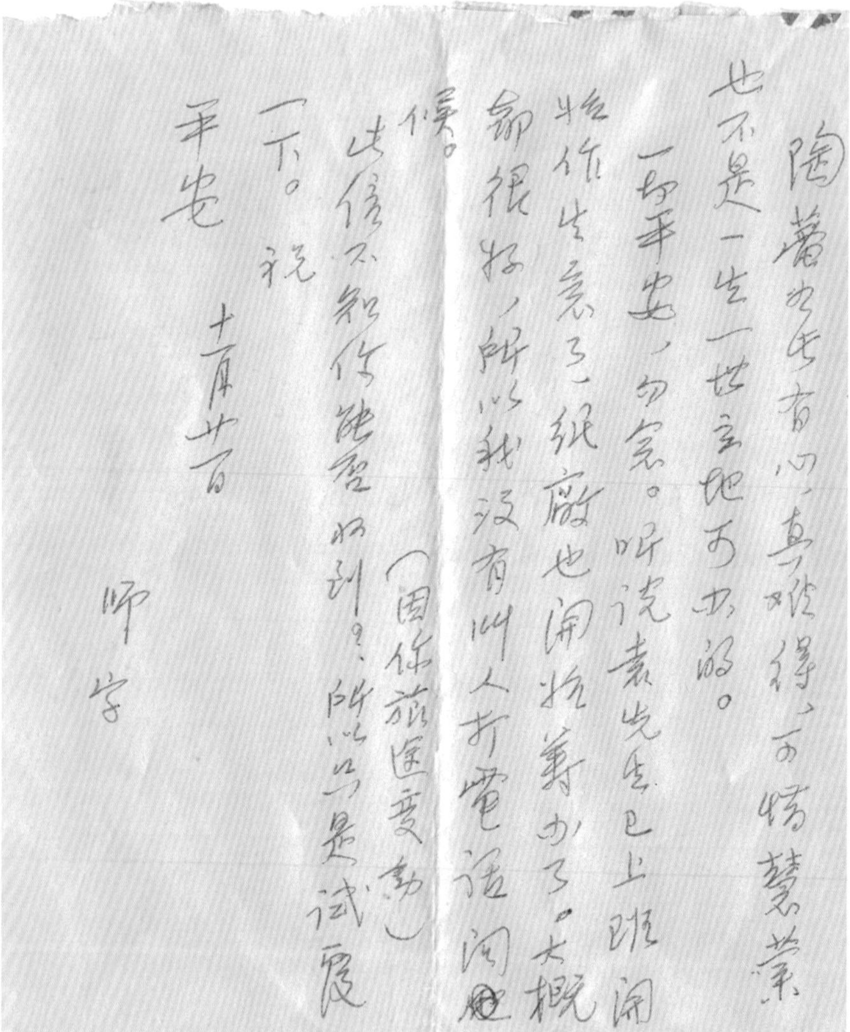

陶蕾也有心，真難得，有情慧業也不是一生一世立地可成的。

一切平安，勿念。所說袁先生已上班開始作生意了，紙廠也開始籌办了。大概都很好，所以我沒有叫人打電話問候。

此信不知你能否收到，（因你旅途變動）所以只是試寄一下。祝

平安

十月廿日

師字

第四封：一九七七年十一月二十八日

兩妹：11/18，來信及兩張支票都收到，隨喜為先真誠，無不收，正好我也有些地方要私用，就收了吧！請你先代道謝一聲，以後我再寫信。總是不要錢、結果還是見錢眼開，哈哈，真可笑。長禧的中國名字叫南國興，英文名字如次：

Cadet Cindy Sherrill

女士的為人，早就看透的。我也當面告訴她不要所求不遂，特來轉而罵我。其實，他的一切作為，為己為利。不過，如此作法行為，結果一定一無所為，此所以人人皆造業，造的太不智了。你到紐約，与她通过電話就好了，不見面、更有味。将来再見面，她就不惶你不給她一个机会、陪你玩玩，請你吃一次啊！你看，那多么有意思。人最聰明的了，最有味道的了，就是瞪着明眼，看人説謊瞎扯而不揭穿。此乃無上密法，無上心法，传給了你。你万要千金不賣，不要隨便傳人。一笑，大笑。

所謂看光一法，乃權法也。方便法門而已。實際上，應該用固有文化，以定是斂神返視。也就是道家所謂「煉神還虛」。最要緊的，最後不執著光，不著相，還歸虛無。虛無，即空無一念也。這個重要矣，也必須詳告陶董方可。

李海居近來動身，或者一擺再擺，就是不動了。此所謂行即不行，不行即行之禪法乎！

懷師的親手信

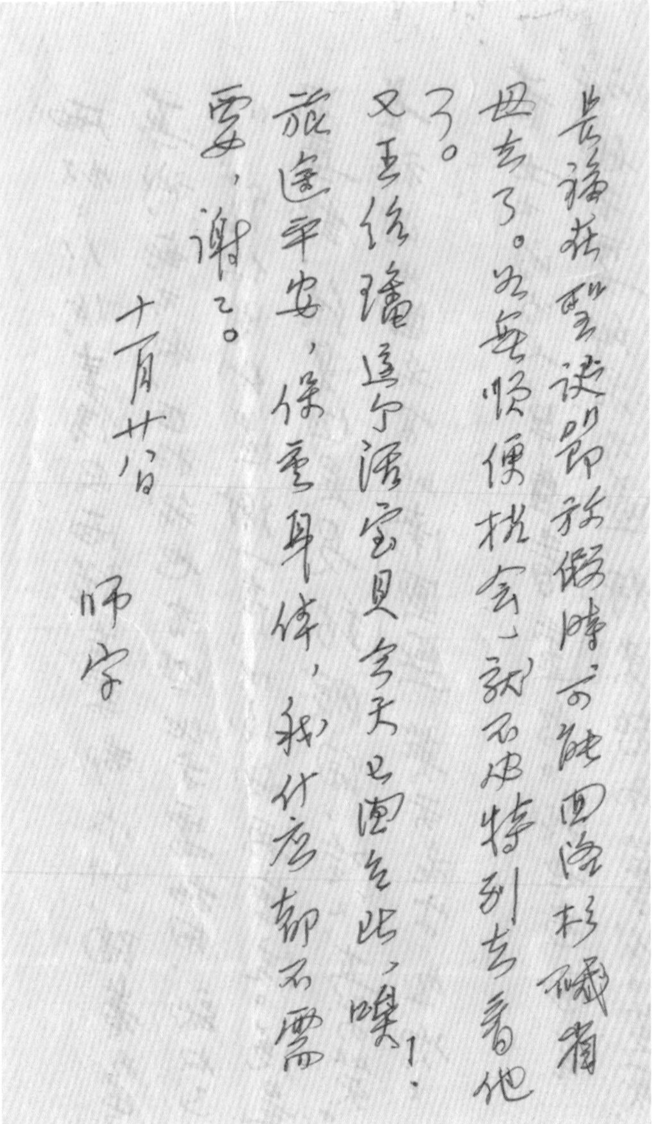

長福在聖誕節放假時可能回洛杉磯看他去了。如無順便機會，就不必特別去看他了。

又王佳瑋這個活寶貝今天已回台北，嘆！

旅途平安，保重身體，我什麼都不需要，謝謝。

十月廿日　師字

第五封：一九七八年一月十二日

兩虹：元月三日函悉。彼君已於元月5日赴香港、九日轉東京赴紐約，或者你們已碰面了，此事只順便見告而已。

搞這次文化事業，很好，但實際下地工作，又是一批人。如退回十多年，我的同鄉打游擊的退休分子，倒有些人可跟我跑。目前，也皆老了，体力恐成問題，且多為文盲，連中文字和國語也講不清。如說目前我們的學人中，肯下地吃苦，看來談也不行，不能抱任何一點希望。當然此事如成，實際要靠工作者，還須另外設法，當然以學農或從於此道的青年壯年才好。

如果真發心，努力些，佛說「有願必成」。也許到時可解決。事實上，最困難的，還是我個人自己沒有錢，靠別人起來，都很難靠得住，一到利益衝突，就麻煩了。況且你要移美，也是一個問題的事。反正談談說說，隨緣再看，但真存此願心就好了。

陰曆已到臘月初了，想來你也快要賦歸吧！說說笑笑，玩玩搞搞，閑閑也到一年，看來人世光陰迅速，真是可怕。

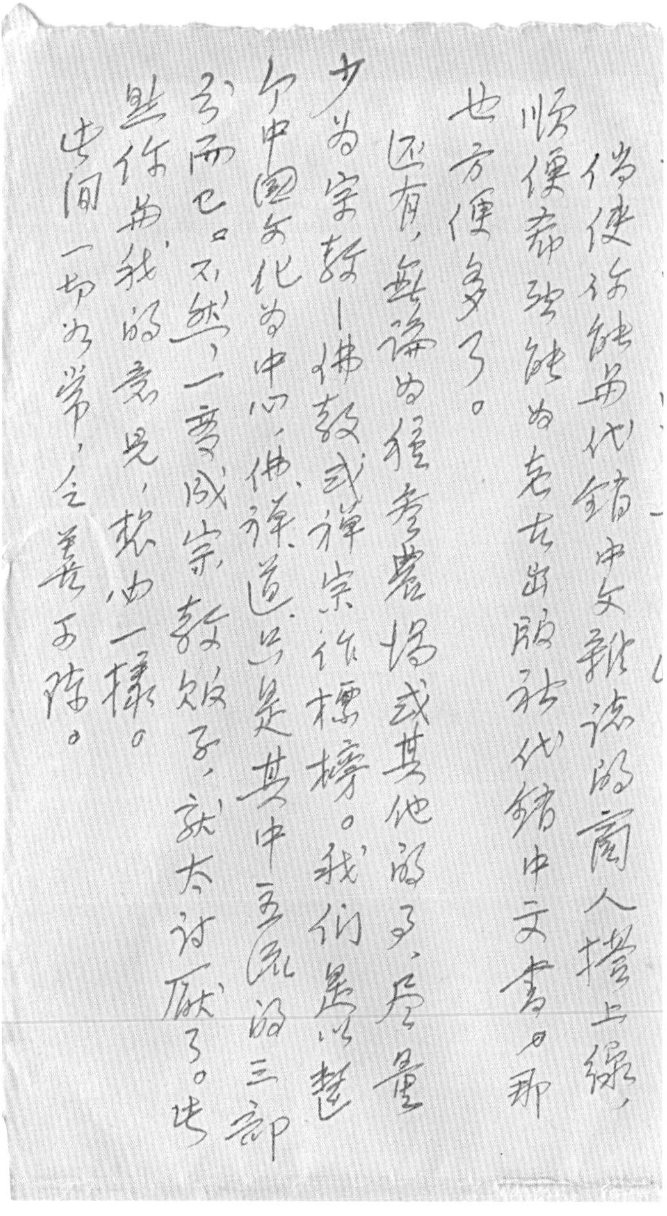
倘使你能與代銷中文雜誌的商人搭上線，
順便爭取能為老古出版社代銷中文書，那
也方便多了。
還有，無論為經營農場或其他的事，盡量
少為宗教－佛教或禪宗作標榜。我們是從整
個中國文化為中心，佛、禪、道只是其中主流的三部
分而已。不然，一變成宗教販子，就太討厭了。此
點你與我的意見，想必一樣。
世間一切無常，至善不降。

懷師的親手信

你府上想必平安順適，因在園中，也未必
袁先生連絡。近日寫了應付舊過年賀長信了一
首詩，寄給你玩玩：

又到禪關報歲闌，幕亭迢遞盡書丹。故園
草長鶯啼寄，寄語清箋鵬翼安。世事
早隨今昔改，閒心已了有無觀。朝來自把
神光照，鶴髮童顏一笑看。

毋先說

旅安

一月十二日　師字

第六封：一九七八年一月三十一日

東西精華協會
中國總會
EAST-WEST ESSENCE SOCIETY
REPUBLIC OF CHINA

P. O. BOX 7-51
TAIPEI, TAIWAN
TEL 707-8217

兩虹：元月十九日的信及龍游分給兩友票500元均收到，今天才收到。你家的情形，前四五天才由袁老師來談起，我當時心裡就判斷你不會回來過年了。因在此以前，我一直希望談及你少回來過年的。清官難斷家務事，不過，我希望你，今後回來，只是在學校弄好一個寄居一時的地方再說。例如比照某一樣，租一間普通的公寓學生住下，一個月也不過七八千元租金，然後才能使精神病患者慢慢離去。你一不回，他反而不可以再住下去了。不知我此意見可以採用否？如可採用，即來信，我設法為你去找住處。因為我覺得他們回來也是此一辦法。所以可以同時辦。

500元先收下，謝謝再說。稿費了，不必太費神，沒有錢，沒有了，不行的，絕對不行的。農業發展，必須自己有百丈祖師精神，一日不作，一日不食，你我們年紀大了，而且根本年紀不大，也幹不了，所以作罷，只可當話題參考。

東西精華協會
中國總會
EAST-WEST ESSENCE SOCIETY
REPUBLIC OF CHINA

P. O. BOX 7-51
TAIPEI, TAIWAN
TEL. 707-8217

(有緣者何修也靠不住)
靠人，誰肯盡力為別人啊？你我們也作不到，怎怪他人！
女兒已拿到公民証，決定二月底，最遲三月初回來專修
二三個月。又帶回一位美國佬，要和跟我專修三個月，據說
根器好，人品好等等云云。(不比，夏四五十歲的成年人)比利時的李文，也要和在二月
間回來跟我專修一段時期。還有現在哈佛的一位世界大學
博士班的小姐，也要求專修。所以在今年三四月間，必
須開一特別班，專講有系統的修證法門。我希望
講畢，中文、英文、法文筆記，一齊印出來，那就不完
枉辛苦一場了。當然，你如在此，那就為虎添翼，
真是有禪有淨土，好比「戴角虎」了。
袁老師素來談過一次，為中臣，為山中宰相，我一概不問，
只問他自己的專修方面。總之：看來念机悲憫而已，
但亦莫能助。人的智慧，或業力真難難改。
其餘的事，照你信的真言紙，一概由老古辦，老古當
覆。因為照真已回家過年，須二十天後再來。祝
平安
師字
一月廿一日

第七封：一九七八年二月八日

東西精華協會
中國總會
EAST-WEST ESSENCE SOCIETY
REPUBLIC OF CHINA

P. O. BOX 7-51
TAIPEI, TAIWAN
TEL 707-8217

1978年

（李緇初一百字來告張電話拜年）

西姑如晤

前日函及內附陶菴之案「刊書」壽事，已交古國治看過信，且即照辦。因鐵公路，又遷後一處，且逢過年，人去樓空，只他一人自己忙東，更使得他手足無措，頭腦呆滯了。你應回來，才好安頓家事。我覺得袁先生沒有你，也許辦東西會有欠缺的。不過，你能到歐洲一遊，也很好。

昨日過年元旦，匹之來拜來談，希望你回來接辦人文世界，因蔡策為了要接濟，須去坐些監六個月，這一枝筆被拘進去了，更缺人手，所以匹之想到你。我說，聽聽因緣自在吧！因為匹之急著我們的維持費之故。

尚君也在外生病，總要留兩個月，不知可能再來！餘已詳前函，不贅。專此即頌

旅安

二月八日夜

師字

第八封：一九七八年二月二十八日

東西精華協會
中國總會
EAST-WEST ESSENCE SOCIETY
REPUBLIC OF CHINA

P. O. BOX 7-51
TAIPEI, TAIWAN
TEL 707-8217

西壮：二月十七、廿兩函均收到。你此行的收穫，第一、是心裡上解除了牽掛。第二、多年百聞不如一見的美國，總算瞭解了一部分。第三、也了了親情友情等的願望。如此兩次，已算豐收很大了。其實，走遍天下都是山水土，到處一樣，沒有什麼了不起。至於人的社會，如果久了，深入了，也會發現天下烏鴉是一樣的。我早已看空如此，所以那裡也不想動，那一機會也當作空花。至於後一代的青年男子女們，我倒鼓勵他們都應該去看看、去去、學學。因為在此地出去，見聞經歷太少。況且未來的時代，並非過去或現在。

此次我說開班，其實只是為了一人，朱文光。文光在這廿多年來，對我，可以說仁至義盡，犧牲太大，幫助我也太大，如我的家人子女之能遠居重洋，也都是他一人一手幫助完成。不然，以我的潦倒窮途，那有可能如此。就此一端，已

2、

東西精華協會
中國總會
EAST-WEST ESSENCE SOCIETY
REPUBLIC OF CHINA

P. O. BOX 7-51
TAIPEI, TAIWAN
TEL 707-8217

報謝不盡，何況他的忠誠不二、唯我獨尊的情分！只可惜他般若太差（並非世智），體力又不好，故此次特為開講，也是我一番報謝酬恩之心而已。其他的人，也只能說順便提到，說說而已。」這是老實話。

譬如我也向你提過，提到陶蕾，提英他的學生。但你知道我的毛病，最害怕中途變去。既通知，又後悔。為什麼呢？怕害了別人耽誤時光，虛耗錢財。況且一般心理，學不學？學的好不好，站在學生立場，都會怪老師。站在老師立場，也正相反在挑剔厭惡學生。」當然，除了天光，決不會如此出口。我的幾十年經驗，對誰都不敢信的。但是因為陶蕾有過兩次硬要借錢的情債，故提到他，希望他能還了心裡的賬。可是她為此的困難，又誠心要來，我又畏懼起來，生怕沒有使他有所得而歸，實在歎然。特此，希望你代我預

東西精華協會
中國總會
EAST-WEST ESSENCE SOCIETY
REPUBLIC OF CHINA

P. O. BOX 7-51
TAIPEI, TAIWAN
TEL 707-8217

先生許她要考慮清楚，也要心理有所準備，只當回來玩一趟，不要以為我真能幫點什麼的。千万拜託。據先生回信說，周以理和郭姓蔡的，今天已來過。先生許他，有此事，但未定，先留下姓名地址，再連絡。如此甚好。因為費比了，正准備要租地點，並且還有李先生和那外國學生的住處，也正要去租。李先生性又孤僻，不喜歡住他家裡及熱鬧人家，所以正在找。到目前為止，外國學生最誠懇的李文（比利時人），不能一月底先到。他真是一个学道者，最誠懇的，般若也好。但這也只能說到目前為止。還有李文的妻子郝立音，也很好，可惜他們因經濟困難，不能同來。郝立音只好由比利時趕美國看生母去了。郝立音寫一信給我，真是文情並茂。不只是文學特別好，是真情流露的誠言，扎扎實實。這倆夫妻也真難得。

4,

東西精華協會

中國總會

EAST-WEST ESSENCE SOCIETY

REPUBLIC OF CHINA

P. O. BOX 7-51
TAIPEI, TAIWAN
TEL 707-8217

還有，便是佛光山有錢了，音家價。只好答應，但怕他們要變成佛油子。

搞搞，做這樣一件不相干的事，又須帶尼破財一番。

人文世界的會務，那般勞煩叫你那邊，我只是直言相告，是告訴你華梵之之對你的看法很好，因話來說明，實得你着急，對不起。你想宣講的人文世界的話，的的確確切中弊病。這有什麼可誤會的。本來光說最真話，直心是道場，無議論的。只是有一點，你真欠一着，不高明。我現在猜了，對你說一點，人世間事，有許多只能如此，只好如此，才可苟安苟活下去。其餘的，將來細你學問明白了，慢慢去參。

所以佛法而言，也須切記「天下事，豈能盡如人意！」十有九輸天下事，百無一可意中人。這點，你出行回來，居家處世，要你照這記牢才好。認真是好德行，但對出世法認真才好，對世法認真也應轉迴。

東西精華協會
中國總會
EAST-WEST ESSENCE SOCIETY
REPUBLIC OF CHINA

P. O. BOX 7-51
TAIPEI, TAIWAN
TEL 707-8217

5

你在回來之前，如遇到在國外的同學——指出我認識的同學，會裡有關的同學，萬一託你帶什麼口信給我，叫我幫忙什麼事的。你只說代為帶到信而已。我的脾氣古怪，拿不出主意的。尤其老了，這一年的閑閑，心情更老了，變的更古怪，不肯多管他們的閑事，如此而已。

昨天因紐約小和尚一信，順便在信末寫了幾句：

「心灰盡，留髮是真僧。風雨銷磨塵世事，最難安始對燃燈，情在不能勝。」覺得有趣，看信紙回來，特附寄給你一笑。

燃燈是古佛名，釋迦之得法師也。見金剛經。

手此 祝

平安

師字
月廿日

1978

第九封：一九八四年四月一日

1984.4月2日收到

老古文化事業公司

P. O. Box 7-51
Taipei, Taiwan

Lao Ku Culture Foundation Inc.

Tel. 3941116

（一由常照交來）

兩娟道友如晤：兩函均悉。尤其以廿四函為準確。
因我一念之感動，即將赤手空拳，締造為人文文化
大業之責，落在嬰中道友出代身手，殊覺
歉然。務望運用慧智，善於處理進退兩種
之機，勿只死守「言必信，行必果，硜之為小人之行」。
總之：吾輩老矣，於世何求，但有盡此一報身
從叢廢剎處出，如是而已。其他世俗情懷，是
非恩怨善惡，皆如幻響，何足論哉！
有關卡普果來訪因緣，盡由文光處理，
道友予以論之，俾能與卡之師徒連絡，
知所應對也。另託文光奉上五百元，俾開支
零用，人窮了短，並不是我要多事也，
餘不贅及，文光大概也備查詢。即此祝

平安

四月一日

老拙

又燈詩，已由文光去取回，試之方告效用。

第十封：一九八五年八月十二日

兩虹道友如晤：我於七月二十日抵舊金山、
逗留二日，直飛華盛頓DC，拖延開會及申請
辦理東西學院立案手續，現今業已完成法
定程序一批准註冊。惟尚未覓得妥當住
處及辦事公地點。且尚須續行申請市內
正式大學及研究所授予學位等等之法定手
續。總之，月餘來奔波勞碌，疲倦不堪，
惟能深入此間當地之狀況及家庭、社會之真
實情況，等於實際留學兩三年，受過磋切，
感知殊多，不勝贅言。總之，平地起高樓，

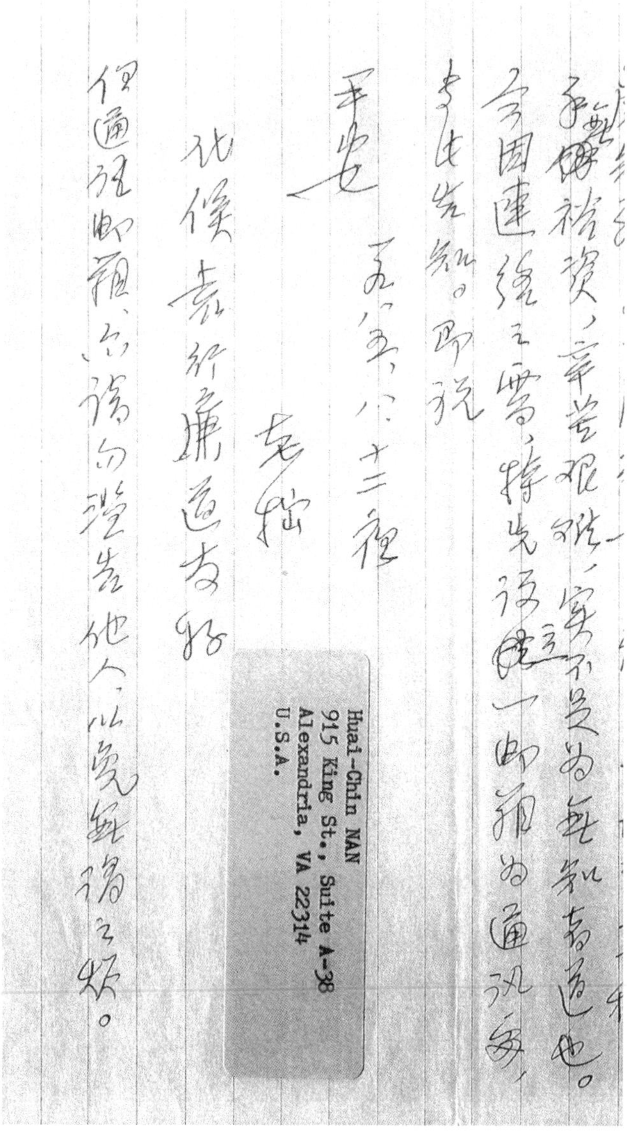

私蓄捐資，辛苦艱難，實不足為無知者道也。今因建設之需，特先設立一郵箱為通訊處，并此告知。即頌

平安

老拙 一九八五、八、十二夜

代候袁行廉道友好

但通訊郵箱，亦請勿擅告他人，以免無謂之煩。

Huai-Chin NAN
915 King St., Suite A-38
Alexandria, VA 22314
U.S.A.

懷師的親手信

第十一封：一九八五年九月三日

East West Institute, Inc.
915 KING ST., SUITE A-38
ALEXANDRIA, VA 22314
(703) 528-2168 此电话到9月廿日止

雨虹道友如晤：由郭克諧帶來之書閱悉。羅梅如義父母安待近日信安確定，當試與電話連繫，只恐羅梅如空勞往返，白走一趟，對我們對她自己都無益處，反為不值也。

此間公私立大學留美同學會，如台大、師大、文化、成功、東吳等校友，概約有一二百人，擬請講演，因信安未定及種種因緣，仍在遲疑，且俟機緣成熟再說。

願佛力加庇，你身心健康，所求遂意。匆此祝

平安

一九八五、九、三、

老拙

第十二封：一九八五年九月二十四日

兩點：八月廿六日信收到，羅梅如返DC、一切均照你的方法先期通知其義父母處，但我們知羅梅如及一悟情他們不正常之人，且又是彼此文化不同根基的美國人，一切靠不住，只是隨緣為之，不然，或者我落在「是兩覺」成見之中矣。到期，她沒有電話來，後來此女先再打去查問，通了電話，她說：義母有病須照應，而且很累。我也知其為客套，只告

許她，在好好照顧父母，你有問題找我，
可以。無問題，只通一電話便好了。她表
示十月份再來時連絡。我替她搬
遷後，再通知她住址及新電話好了，
一切結果，只此而已。這就是通達番
情的處理方法，所以對卡普樂等等，
皆取不即不離態度，除非你對他們
（別人）有利，才可深交。人情世故，
不只中外都然。
我很担心掛念你的處境，更望你

能於拂逆中進德修道，除此以外，人生
又有何事可為呢！我到大西洋賭城有
詩：　道出大西洋賭城
風雲際會出三台，策杖閒看錢出窟。
何必賭城始論賭，人生都是賭輸來。
專此祝
平安　1985.9.24.　老拙

第十三封：一九八五年十月一日

East West Institute, Inc.
915 KING ST., SUITE A-38
ALEXANDRIA, VA 22314
~~(703) 528-2168~~

兩虹：

寄來新住址及電話號碼，如下：

但此紙上方的通訊寄件郵箱地點，仍然需要。此為對外連絡用，以免無謂打閒岔。

此收悅

平安

1985.10.1

老拙寄於維吉尼亞馬克林天松閣

代向袁祈庵道友致意問好

EAST WEST INSTITUTE
6926 Espey Lane
McLean, VA 22101 USA
Tel: (703) 356-3186

第十四封：一九八五年十一月一日

EAST WEST INSTITUTE
6926 Espey Lane
McLean, VA 22101 USA
Tel: [703] 356-3186

雨虹道友如晤：十月五日信多日前已收閱。因播遷事忙，亂不堪，屢遷居，至歉。新地、電話均如信紙右上角所載，不另告。所言七月底，託便人帶來之照，毫無記憶，印象也許沒有收到，所以根本就沒有收到，收到我必會覆信告知你。此間正在整裝，準備安入嚴冬歸候，我心如冰雪，一切都候春暖花開再實行。自從過去大歸事，因緣又是如此，人生都是隨緣來，又復何憾。如此說

平安

11/1

老拙寄於維戴尼亞天松閣

第十五封：一九八五年十一月二十八日

EAST WEST INSTITUTE

P.O. Box 568
McLean, VA 22101 USA

雨虹道友吉祥：

十一月十五日來書閱悉。書到之日，正交代在台北之時。故我要照顧車及分出校書助手，稽覆乞諒。但此事今已解決，另有同學處理道場諸事，幫忙一切均如舊時矣。來信云：前曾有一信，夾在十方同學報告中，不知此時（此信）何以重提舊事。因十方書院同學之報告，除本年八月底收到一次外，至今皆未接有第二次報告。如你的信，夾在上次報告中，應已有所覆了。如說來另交，則至今未見。但想來應無特別重要事故，時移境易，一切皆如昨夢，不足道也。美國情形，在我的眼中，一切大不如理想，除了地大物博人稀之外，到底是根基不厚，文化膚淺之感。詳情留後寫書論再談。唯一好處，可過簡單隱居，但當然需要有足夠的生活費方可。

即此，祝

平安

十一、廿八 老拙

第十六封：一九八五年十二月十三日

EAST WEST INSTITUTE

P.O. Box 568
McLean, VA 22101 USA

兩如道友左右　子亮來，接轉手書閱悉。所謂前交秀斅置手提箱內信，均已閱悉，因不關重要，故屢次回信均未提及。承蒙　馮先生及諸先生之關愛，至感。其實，我無所求於世，且亦無用世之心，處境艱難，於我均無所謂，故一切不介於懷。如遇先生再問，請代我致謝，容當他日另行報謝雅意。道友之出家，似以歸家穩妥為上策，如能過道人之雲水生涯，行腳來去，自由自在，實為至樂也。美國，確非勝地，自我來此，經四五個月實地仔細觀察，深覺昔日我所認定之美國，並無錯誤，惟未能身到其地，不敢妄作結言，恐常人之難信也。此間嚴冬已臨，正準備撥雪圍爐修禪定矣。匆此祝

平安　十二、十三夜　老拙

1985/12/13 (6)

第十七封：一九八六年二月十七日

EAST WEST INSTITUTE

6926 Espey Lane
McLean, VA 22101 USA
Tel: (703) 356-3186

兩虹道友先生：近況如何？行止何處？均在念中。傳申昀告，偉釋所懷。此間風雪嚴寒，景物頗宜，高臥圍爐。春暖花開後，行旅何處，猶難自抑。歐洲、日本，亦在考慮之中。专此

即頌

春祺！

老拙

85、二、17、

又希代候行廉居士安好

第十八封：一九八六年二月二十四日

EAST WEST INSTITUTE
6926 Espey Lane
McLean, VA 22101 USA
Tel: (703) 356-3186

丙寅元宵後一日

積然寒威雪猶封
蓓蕾百卉待春容
傳心韋賁西來意
浮世難留過客蹤
又見白雲橫不偶
常憐黃屋走蛟龍
鐘聲莫問當前事
萬里飛鵬程萬重

岩在1986.2.24日

南懷瑾未是草

冬去春來古今同
百卉春容秋衰容
西來達摩原無事
既是世尊何留蹤
敢打頭撞木偶戲
黃屋并非僅螂龍
成佛本來事更無
何如飛鵬越萬里

EAST WEST INSTITUTE
6926 Espey Lane
McLean, VA 22101 USA
Tel: (703) 356-3186

懷師作丙寅元宵後一日詩典註

傳心—禪宗以心傳心。唐相裴休錄黃檗禪師法語為「傳心法要」

黃屋—「車服黃屋左纛」見漢書高祖記贊。後世稱帝王車服之代名辭。東方諸國古制亦喜習用。

鈴聲—晉石勒與佛圖澄法師同坐，忽聞風吹塔鈴聲鄉音，勒問國師主何徵兆。師答：明日出師大利。後人稱法師聞鈴語即能卜知劫運。

空宮木偶—此語作於1986.2.24日正當菲律賓馬可仕出走事件。

圓觀記　時客維吉尼雅

天松閣

第十九封：一九八六年三月二十一日

EAST WEST INSTITUTE

6926 Espey Lane
McLean, VA 22101 USA
Tel: (703) 356-3186

兩虹道長如晤　三月十五日來信及附詩均收到。詩寫的很有意思，但能表達思想和情感，當然便是文藝的好作品。陶蕾的地址電話我沒有，再寫來給我也好。惟恐人事複雜，如不複雜，何妨一見再說；人老了總是要衰的，這就是你寫的人生觀之一。葉老及曹小姐，只是上次通電話一次，至今無消息。他們沒有留電話，如果留了，倒使我很難辦，難以安待。總之：高年人就是高年人，一切無能為力，亦無足為也。以前大有希望的中華民族的中青年人，很多，主要的都談過，幾乎有人同此心，心同此理的大勢。但我正在老年中，大致已照顧他們時節——

EAST WEST INSTITUTE
6926 Espey Lane
McLean, VA 22101 USA
Tel: [703] 356-3186

因緣純熟時，可為他們集体講述中國文化
以及他們所希望的意見。
近日或將有巴拿馬之旅。匆此 順祝
平安

86，3，21，

老拙

叶曼來信說 總督告訴她，請她當書院副院長，
已經我的同意；而且大家都出來說，再加書
院會招生，都得我的同意。甚之之說是我
的意思。難怪古人都被後輩寫誣，我
一離開，也就同古人了，可笑又可嘆！！反正，
一切不管，放不了，就管他媽的！！

第二十封：一九八六年三月二十七日

EAST WEST INSTITUTE
6926 Espey Lane
McLean, VA 22101 USA
Tel: [703] 356-3186

西虹道友如晤：三月廿五信及附來美票五百元均收到。閱後，不勝感嘆，你是誠意，我豈有不知之理。但我亦最關心是你乃至諸多好之生活，自愧無力足以助人，此亦是我之誠意。現在如法，只有先收下，代為儲備，以免道友心所不安。盛情不言謝！只告知已收到了。同日，亦收到南老自香港來信，暫時不來，正中下懷，因我近日將有巴拿馬之旅，約旬日方返華府。且諸人事，均未就緒，來時招呼，亦顧不過來也。茲附印其原函，備你知之。毋庸說

平安

86.3.27.

老拙

請告知南老之字，以便覆信。

南老師：

上週原擬找時到華盛頓晉謁，旋因去中部接洽出務，故未能如願前往，現又因東方事務需返港，幸於六月中再將返美，當趁訪也。去此佈臆，並頌

時安

別字

南敬上

一九八六年六月廿三日

第二十一封：一九八六年四月八日

EAST WEST INSTITUTE

6926 Espey Lan
McLean, VA 22101 USA
Tel: (703) 356-318

兩虹道友左右：附有陶蕾信也電話退寄。我即將函彼通話，但一問候而已。至於你所想像，陶蕾青走行持或助作文化工作，依我猜測，絕不可能。人各習氣，不說縛著種姓，但以含生理行聊與言之，諒你容易改變化氣質。朋友間心，一相問訊，已很好了。其實，此間中西青年中年人才也不少，只是我心情疏懶，但偶一結布施，不思大張旗鼓，也許正如你所說，人老了，不用了。我所謂中西青年中年，當然包括如楠老曹小姐等同路人也。此輩亦皆甚有心，有志，惜限於財力，不能普遍廣西，徒哀云耳。如此說

平安

老拙

86、4、8、

你風寄出一文，已閱。當由宗亮轉去，可能轉遞。

第二十二封：一九八六年四月二十二日

EAST WEST INSTITUTE
東西學院

6926 Espey Lane
McLean, VA 22101 USA
Tel: [703] 356-3186

西恂道友左右：四月五日由王同學擕來手書，閱悉。諸事平安，請釋念。前信說會由陶嘉通電話，也曾通過一次，因忘記彼處時間由此地相同，夜裡打擾他，甚為抱歉！！趕快說明，信是問候之意，別無他事。過後思量，不安，恐增人疑惑，又補寄一信，再三聲明只因多年未通音問，聊以問候之意，並無任何事情，後亦得到他們回信。我想，無事不生非，稍擇作答，作禮貌上致候即好了！我於六七月間，又將搬遷新屋，勞碌之至，真是煩人。此祝

平安

86，4，22.　老拙

第二十三封：一九八六年五月八日

EAST WEST INSTITUTE

東西學院

6926 Espey Lane
McLean, VA 22101 USA
Tel: [703] 356-3186

兩虹道友左右：五月二日信及南陶營往返新聞等均收到。你的色身不見得有大病，但能有志使神、心、氣合一，寂然久定在氣住念住之境，不但不出毛病，且當有返老之功效也。

我因為新購住屋，專正忙於計劃加建及遷移，約在六七月間可能先住進去，究之當在秋後。此屋乃東美姊弟之力，暫可為我棲遲也。

行藏之所以為南陶營部屬一般常例人物，不足為異。手此 即頌

平安

86.5.8.

老拙

第二十四封：一九八六年六月三日

EAST WEST INSTITUTE
東西學院

6926 Espey Lane
McLean, VA 22101 USA
Tel: [703] 356-3186

（你可向真隱購入麝香虎骨追風丸，試服，於腿或有效）

兩虹道友如晤：五月廿三日函悉。習禪錄影英譯版已出書，此間正以文化購進百本（贈送用），並寄老古十本，要陳世志分送你及（不管她做何感想）葉曼各一冊。你如再需，可向老古拿，說記我名下即可。老古不可做廣告，只可需要者由出版商出力，自讀才可。但英譯本，台灣不見得有銷路。

你的文章信，因附在信封內，我已看過了。你的風、文影像文字，看都看過，一切無意見，但存其真而已。此事你已多年發心，但我始終覺得苦你，勿做此想，因我對數十年來接觸的人，都已了了，即使我的學生，也懶得畫一圈。其所以仍肯講了，勉強應酬，無非是自做慈悲布施。再說透徹些，也無非是自尋開心，聊當消遣而已。

EAST WEST INSTITUTE
東西學院
6926 Espey Lane
McLean, VA 22101 USA
Tel: (703) 356-3186

[redacted]

前日打電話來，告訴我實在寫不出，請我原諒。我問他什麼事寫不出？他說是接到你的通知。我當下即再告訴他，此事你向劉老師去說，我一概不管，為什麼為了此事打電話給我？你看，如此這般人，有何話說。凡此等等[redacted]，我早已厭倦萬分。總之，我仍勸你多存希望。你的用心，我至為感謝。

你的房子，不是已處理好了嗎？怎麼還可以久住？出賣了，大概交割手續還未清了，是嗎？

近日我又為計劃搬家忙，約須兩個月或可稍安。新居乃借貸購入，現需七十萬元。一切妥當，約需百萬元。塵緣世務有限，至為可畏。明日飄然而去，殊難自料也。即此祝

平安

老拙

86.6.3.

第二十五封：一九八六年六月四日

1、

EAST WEST INSTITUTE
東　西　學　院
6926 Espey Lane
McLean, VA 22101 USA
Tel: [703] 356-3186

西虹道友左右 昨夜寫了一封信給你，好像是語焉不詳，或意猶未盡，我也懶得去審察。總之想想，須要補寫一封信給你。 你發心翻譯的習禪錄影，已經出版了，套句成語說：真是功德無量。但此功德，只是我個人對你的心願、盛情和誠意，所謂感謝莫名。因為感謝你的盛情和誠意，本來不想多說一句話，或任何一個字。說了無非是客氣的套話，於事何益。但此書能在美國的社會上發生多大作用，或有多少影響，我是一向不抱任何希望的。不但美國如此，其他地方，任何國度亦復如是。

我來美國一下飛機後一個月內，我已完全確定我在國內的看法一點沒有錯。直到現在，時將近一年，觀察的更深入，接觸到此邦的上層社會中的才俊，對

2、

EAST WEST INSTITUTE
東西學院
6926 Espey Lane
McLean, VA 22101 USA
Tel: [703] 356-3186

我原先的認定，還是一樣，甚之更加相信我的觀點是不錯的。詳情無法細告，你是聰明人，我只大概列舉，你意知之。

我在此接觸到人物，有軍政及其他社會人士，以及重要廣播電台的主持人，乃至醫生和少數學者。仍如在台北一樣，我的招待，還是簡單陪便飯。此外，財法二施，等無差別。除了他們為了身体健康，偶叫同學們教教他們靜坐之外，絕不談佛，不談禪。因為這些高不可攀的東西，對要求現實和快速成效的人們，是談之然只淺而已。而且最重要的，是此種人士，大半傾向於神秘的迷信，或者說：是新時代式的迷信神秘。再不然，就是快速見效，不求準確。舉例來說，我嘗非常有趣的為他們本土人士治好十多年無法根治的花粉熱，或者風溼病。當然，人數不多，況

EAST WEST INSTITUTE
東西學院
6926 Espey Lane
McLean, VA 22101 USA
Tel: [703] 356-3186

且我也不願意冒充医術。當然，他们也希望能大事宣傳。

又例如有一个神秘的团体，能有一萬多中上層階級的人。正好碰到那位領導的灵神者死了，但團体还在，倘使我肯為他们解答問題，是可以設法抓住的。但我暫付之一笑，以後再説吧！當然！這些都是中國寺院或卡普樂的禪堂，影响力大的多了。還有，紐約和華府當台一二位主要的自主持人，也希望我能起而大做宣揚，我也说再说吧！！只是朋友相處而已。

此外，國内來的高級子弟留學生，也有所接觸，他们也是深深感嘆將來的國家前途和中國真正文化的命脈問題，乃至種種問題。我也只有受其在我，視之如子女，尽量開導，並希望有機會，可以集中起來，為他们開班講學，總答所有問題。文殊儒 在加拿大，正在

4.

EAST WEST INSTITUTE
東 西 學 院

6926 Espey Lane
McLean, VA 22101 USA
Tel: [703] 356-3186

正在他自己國家政府中，担任輔導大陸來於美大的留學生（工作，是）。他正在為我們工作，努力解介紹「論語別裁」和「孟子旁通」以及其他方面，做人和實事。他把有的留學生，看了「論語別裁」以後，寫信給他（介紹）的感激的信，再影印寄來給我看，使我看了無比感慨。不料一个文弱儒能為我們國家民族做出如此功德。真有「無心插柳柳成陰」的況味。而我們的人呢！不但一無所成，甚之完全相反。

至於佛教方面，除了那些中心惶惶無主的我國和民族，對於美國，可以說毫無意義。你不要認為少數美國人也來學，其實，一切如我在國內所說的：第一流的美國人才，趨向工商業，爭取致富發財。第二流的，才從事政治和科學。況且目前科學正開才花，高等人才缺

5.

EAST WEST INSTITUTE
東　西　學　院
6926 Espey Lane
McLean, VA 22101 USA
Tel: [703] 356-3186

貨，只有一批老的科學家。第三流的，勉勉強強從事人文文化，教育和社會活動等等。末流的，才來學佛道和打坐、禪或密宗。而且大半藉此糊口，好吃懶做，一無所能，或精神心態不太正常的。據美國一位朋友對我說：卡普樂那邊，大半亂於這一類。而卡的日本味太重，都不受人重視云云。反正，我既不能去捧他，也不須要他來捧我，因此，保持距離，一切無所謂。不但卡普樂要如此，既如其他方面，我也如此。

總之，我的去住問題，要做什麼？怎樣做法呢？我自己都不知道，更未一定如何若何？一切都還在觀察和斟酌熟慮而已。尤其最近為了新置之房子（徐素美已和你說過），還需加蓋，方能放置面

EAST WEST INSTITUTE
東西學院
6926 Espey Lane
McLean, VA 22101 USA
Tel: [703] 356-3186

6.

書，亦能比有兩三個月的忙忙碌碌。當然這些都是李素美（設計）和他弟弟的力量，我只是暫借枝棲而已。同時，也皆藉聚會所有人物，也是他弟弟的關係，一手形成。然而我呢！總有「入世避世拙，依人去住難」之感。此處所謂依人，是歷談論的依人，至少我們是借土生根，從何客焉。況且日用開支，咄咄逼人，當無大力者護持，實不可一日居也。

欽老曾代表紀錄大覺寺、莊嚴寺來請演講，一概辭謝。其他如加州等地，也是一樣。為何如此？我實一無所能，實無一法足可以示人，只能先求靜觀再說。人生到此，況味蕭然！不過，在此期中，讀書閱讀了不少沒有細看過的閒書，解答現代史上許多問題，使我對中國文化更加無限的殷憂（不是隱憂）。匆此 祝

平安

86，6，4，

老拙

第二十六封：一九八六年七月二十七日

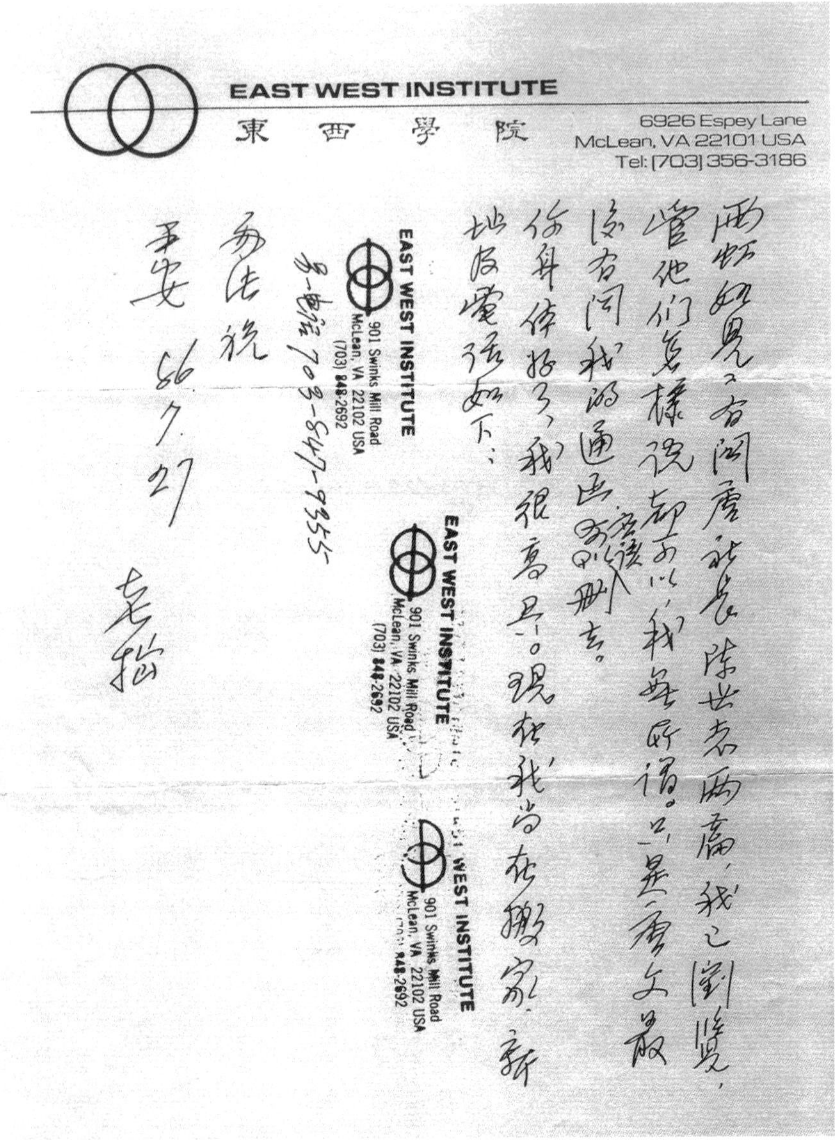

EAST WEST INSTITUTE
東西學院
6926 Espey Lane
McLean, VA 22101 USA
Tel: [703] 356-3186

兩虾姐見：杏問唐社長、陳世杰兩篇，我已瀏覽，管他們怎樣說都可以，我無所謂。只是唐文最後有問我的通函，應該可以刪去。

你身体好了，我很高興。現在我尚在搬家，新地及電話如下：

EAST WEST INSTITUTE
901 Swinks Mill Road
McLean, VA 22102 USA
(703) 848-2692

另電話 703-847-9355

順祝
平安

86.7.27

老拙

第二十七封：一九八六年八月八日

EAST WEST INSTITUTE
東西學院
6926 Espey Lane
McLean, VA 22101 USA
Tel: [703] 356-3186

老心淨土，應為一大佳事。可賀之。

兩虹道友如晤：來函收到（未記日期之函）。知將有東南亞之旅，人各隨遇，無可無不可，如此亦好。周醫師處方甚為通達，可謂良醫矣。唐、陳二文，應改應刪，悉聽尊便，影印本大約不需寄還，故不來付郵。怡然志文中有駁老莊辛，寧成歟？夫老莊辛，或是故意點綴在場面說。最老者常其衣裾之裾字，誤為踞，必須注意查清楚之。

我當既於居住佛緒，返回歐回原，黃恩悌郵趕來做勞工。李文全家亦到此，月底返香港。餘不贅。祝

平安

86.8.8.　老拙

鍾居士處，煩代慰問。

第二十八封：一九八六年九月十日

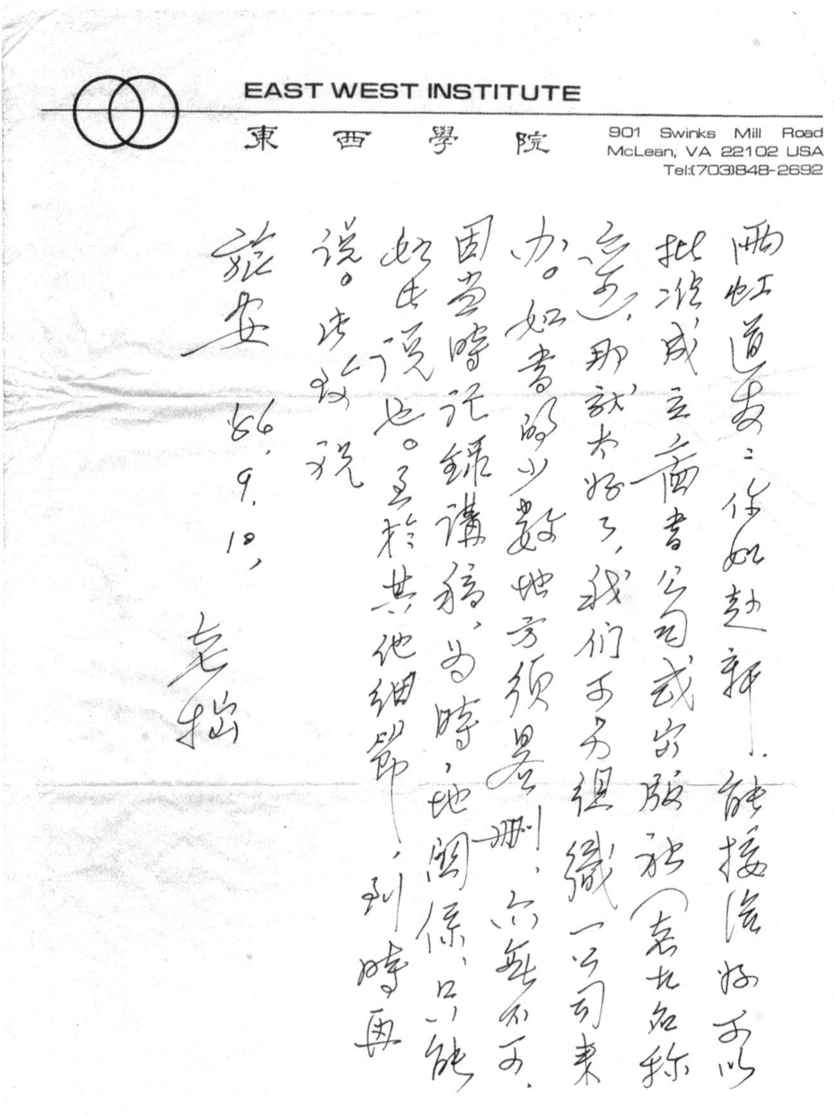

EAST WEST INSTITUTE
東西學院
901 Swinks Mill Road
McLean, VA 22102 USA
Tel:(703)848-2692

兩虹道友：你們赴新，能接洽好，可以批准成立商書公司或出版社（最好名稱另定），那就太好了，我們可以組織一公司來辦。如書的少數地方須要刪，亦無不可。因當時記錄講稿，當時地區關係，只能如此說也。至於其他細節，到時再談。此致

旅安

老拙

86.9.10.

第二十九封：一九八六年十二月十日

EAST WEST INSTITUTE
東西學院

901 Swinks Mill Road
McLean, VA 22102 USA
Tel:(703)848-2692

雨虹道友如晤　十二月三日手書今收到。

前接兩種亦收閱。

壽公只能如此表示，不必再說了。

你能先賣了屋還債最好，自然一身輕，決對不會餓死的。如有困難發現，當立即通知我，多少，不能使你貧無立錐，亦會有餘地。古語，不可存窮氣之心。

明年二三月出書了，昨亦電話陳世忠，稍遲一點無妨。自然你的發心，有發必成，至於說內容嘛，只可付之一笑了事。

你每次書信，將漿糊封口，往往粘了信紙，常會將信紙撕破。自然懷人檢查，略沾一點糊就好。

說

平安

86、12、10、　老拙

第三十封：一九八六年十二月二十九日

EAST WEST INSTITUTE

東　西　學　院

901 Swinks Mill Road
McLean, VA 22102 USA
Tel:(703)848-2692

两位道友：寄上諸稿，請你們細斟酌改正增刪之。文光稿，是同學們從某某稿件中找到的，真是未完的遺稿，由你加按語說明可也。并附上他出來資料的中英文簡報。原稿附語，是在文光當時在現場時所記。似有言未盡意之嫌。文光走了，我真難辦事呀！

86、12、29。

老師

第三十一封：一九八七年二月十八日

EAST WEST INSTITUTE
東西學院
901 Swinks Mill Road
McLean, VA 22102 USA
Tel:(703)848-2692

西虹道友左右

寄來大作序言及袁大姊文皆已收閱。序寫得很好，簡潔扼要而美妙美好。唯第三行首句「實一直來」的實字，是筆誤，應用「作」字才對。

袁大姊文亦好，如學佛經真。唯「從緣一段」，應改為「學佛」才對。「從」就從無出於。又：對於「證道錄」及「心燈錄」一節，有一句「並指」與「我要注意看序」應改為「並指題」。我要注意看他的序言。

有閱報告 林美筠前次來一筆款，

EAST WEST INSTITUTE
東西學院

901 Swinks Mill Road
McLean, VA 22102 USA
Tel:(703)848-2692

令壽又來一萬，共計兩萬，統已交彼親自帶回。彼此兩不欠賬，盛情，大為感愧。特此奉告，即頌

春祺

86.2.15 夜 ?

老拙

我們的老師

序言

編輯室

這是一本前無古人的書，而在以後的日子裡，類似本書的出現，亦非短期可見。

乍一看來，這不過是一本學生祝壽師長的集子，像這類的書集，自古至今，到處都有，為何說這一本是空前的呢？

是的，不論中外古今，有儒師，有道師，有哲學師，有禪師，有醫師，有功夫師等等；但是，集所有之師於一身者，教化四十年者，從學人士上至達顯，下至販夫走卒者，影响海內外文化至深至廣至巨者，除了本書中的老師外，大概是前無古人了。

不僅如此，我們這位老師的教化，從形而上到形而下。他的教化，充滿了智仁勇的精神，豐涵著聰智偉的內涵

東西精華協會中國總會稿紙

，洋溢着真善美的至高境上。

尤有胜者，老师与从学之间，并非仅限于知识的传授，或普通的交往，老师与每个人之间，都存在有亲切的淡味，和友谊的情份。如此的时代，以此的老师，如此的教化，如说世上少有，应非虚言吧！

本集中的各篇，只是来自从学老师人中的少数。由于地区，工作，时间等等各种因素，使得篇幅未能更为广泛私手稿，引为憾事。

在曾从学老师的人们中，有些现在隐世而修，有些是忙于文化的传播，有些是缺时间写，有些是来不及写，有些是不能写，（更有些是不敢写）而本集的这些篇幅中，本来多数是心得报告，以祝贺老师七十寿辰的。后来才想到公诸于世，希望对其他從学者，提供一些可能的參考。

本集中前三篇，是封載中外出报雜誌，对老師有関的評介。曾分别刊載於美國（公元一九八六年 SAMUEL WEISER 出版的 GRASS ROOTS ZEN）一書，台灣幼獅月刊，以及大華晚報。

本集的文字，猶如大海的泡沫，透過這些点点滴滴，讀者也許可約畧窺測：像大海一樣的老師的片断消息。

值此机緣，我們更恭祝老師，教化永恒無尽。

東西精華協會中國總會 稿紙

編後記

常見許多書有編後記，總覺得多此一舉，何不在序言中一次說完呢！

豈知本集編完後，始覺得不寫編後記，似仍有未盡之意。

本集數十篇，都是佳文，因為都是真情流露的原故。雖難免有古式國語，或其他土語土調，但為存其真，亦未加更改。

在編排次序方面，採比較一般性者，排列於前，而有修學心得者在後。壓卷一篇是洪醫師之作，因其經常奔波國內國外，行醫救苦，實屬難得，故而定稿最遲。又因其除醫術高明外，更兼備天文地理等各類學養，故其文中包涵頗廣，以之壓卷，更饒具妙意。

編輯室

No.

東西精華協會中國總會 稿紙

讀完了這幾十篇文章，又意外發現許多鮮為人知的，有關老師的言行，更發現我們的老師金粟軒主，豈僅是「聲吼千山震，口呼一劍風」而已！

無言可說，只能嘆曰：無見頂相。

走筆至此，禁御讚嘆之餘，又不禁踴躍，我們何其幸運！我們何其幸運！

25 × 24

第三十二封：一九八七年三月十一日

EAST WEST INSTITUTE
東西學院
901 Swinks Mill Road
McLean, VA 22102 USA
Tel:(703)848-2692

麗虹道友如晤

不斷寫信，終於接到你三月五日的手書，請你順便代我向壽公和公理宗兄諸位道謝，遠道贈墨，不勝感之至。壽公前豈敢言壽。

袁大姐的盛情，亦請代謝為感！

陶菡為散仙出入，無法自我作主者，一笑。

你來信說：為了房子事，需要她去幫忙嗎？因你來信語句含糊，看不懂，故有此順便一問，不關重要。她也年歲不少了，應當珍攝。

目前我要她在安置老年籌畫、務出，需要勞力與頭腦。余正如來，解決了

EAST WEST INSTITUTE

東西學院

901 Swinks Mill Road
McLean, VA 22102 USA
Tel:(703)848-2692

關于問題，但我似不需要如此，經常有不清之答案，強為不通也，故人情之嘆。所錄來，由文話錄，亦可解決了。英文都譯，前面多難，這是不通用，都不行。全篇的，不會要。出書價值亦不高哉。而且我不想花此心血，並非必要。也許夏天或秋冬之間，我將遠遊歐陸等地，一行諸人，亦許久不便信聯繫。

祝

平安

80.5.11

懷瑾

第三十三封：一九八七年四月二十九日

EAST WEST INSTITUTE
東　西　學　院

901 Swinks Mill Road
McLean, VA 22102 USA
Tel:(703)848-2692

雨虹道兄左右

有關此次僑聲選輯諸文，頗有可觀，但想

僑聲書題目，我還在想。

內容方面，正如當你通話，周勲男、馮馮兩

新聞稿等，除涉及某事者，你皆刪，或換句

方好。李淑君文有關收藏的大節刪去。

最後李淑君出資的小冊去，此段亦當刪去不要。

又，蕭天石論李淑君說論語二稿，不必兩人

合寫，只能說是你寫的。(一)去掉李

之名，一係附在你文後，不甚恰當。(二)

二人合去掉，作合理編輯，出稿，并註

明何年何月刊在何處。但將此文為

論會雜誌文放下來，最後作附件，註明

EAST WEST INSTITUTE
東西學院
901 Swinks Mill Road
McLean, VA 22102 USA
Tel:(703)848-2692

崇文於月日悲，談的是新聞稿。（因文字生疏不潤之故）

全書次序，最好要安排照你意見，第一篇是廣樹禪師的。第[illegible]篇[illegible]的。第二篇你的。第四篇（因係學術的）不過，自的文字，仍要多修飾之處。又引用佛學著作文，須附查原書，錯字頗多。

據報看，後是本文之文最後。[illegible]海的風等。

此外人，是一組。但禪定的[illegible]（是一組）段後，最後是中國結，除此者，[illegible]亦是完。

各人須通知，徵求意見，因[illegible]名、本、籍。

學。經典（[illegible]間要的）。另他[illegible]，認為不便，

祝好事無相。何以何由應你，亦須了不用。

[illegible]

EAST WEST INSTITUTE
東　西　學　院
901 Swinks Mill Road
McLean, VA 22102 USA
Tel:(703)848-2692

出家人用法號，隨他便。本來可有可無。但不妨礙他們的教內前途為要。

原稿帶來，已閱過，用紅筆改正錯別字，而且將原稿寄回，備你參考。

又：本書主編，我用你名，實際就是事實，我們不必過謙。將來書譯好，出書再說。

出書完了，極須償還你的債。然後，我不能動，你也許要去動，到時再連絡。匆此 祝

平安

老師

87.4.29.

第三十四封：一九八七年四月三十日

EAST WEST INSTITUTE

東西學院

901 Swinks Mill Road
McLean, VA 22102 USA
Tel:(703)848-2692

雨虹道兄左右：

宣公老和尚化後燒收舍利骨，我已昨天送到紐約莊嚴寺安置（寄放舍利骨），所以張嫣太太自紐約來，為要他上次順便帶去給宣公老和尚的一篇文稿。嫣文在此美洲報館，他就代你發表了，我也不知道。他還說，稿費他會由此報館寄來，我說，那是小事，雨虹不計稿費的啦，你偷了我這裡的稿，遊戲四則，彼此一笑了事。今將剪報寄上。

有關壽文稿，你該刪就刪，大力潤飾處理。

此頌祺

平安

87、4、30

老拙

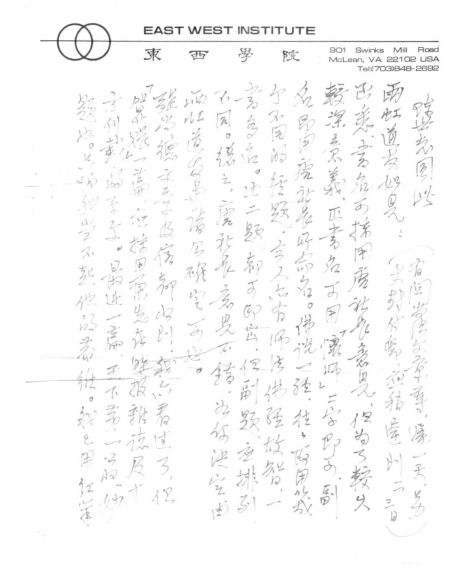

第三十五封：一九八七年五月二十日之一

EAST WEST INSTITUTE
東 西 學 院

901 Swinks Mill Road
McLean, VA 22102 USA
Tel:(703)848-2692

曉芸同學

雨虹道友如見：（前信寄唐先生等，遲一天，另又封付郵，應掛號則二三日）

所來書名可採用唐社長意見，但為了較大較深奧意義，正書名可用「懷師」二字即可，副名即用唐社長所命名。佛說一經，往往所用名義有不同的經題。古人亦有師法佛經故智，一書多名。此二題都可即出，但副題應排列不同。總之，唐社長意見不錯。出何決定由雨虹道友再論，確定可也。

張尚德來信收到！我亦看過了，但「般若燈」一篇，應採用原先在時報雜誌及十方刊載的原文。最近一篇，天下第一的妙題也。此論，對不起他的著作。我已用紅筆

EAST WEST INSTITUTE
東 西 學 院
901 Swinks Mill Road
McLean, VA 22102 USA
Tel:(703)848-2692

沒有因緣要自己創造的都應保存。
自己創造，寫稿最好以他立場傳教師接引人的這些，
一概暫緩，且待以後再說。但我要看他平
實的述說當他最初如何當我見面，如何一双
筷底客說，如何自己招待我，見面在田裡挖
紅薯吃，如何有客天如陪說起（也許這段
時間是穿插一點），最後才是天下妙寫這段
自己的經證。
另一信，請為隨為德。
有關道家出境來，當靜以待之。我不請
問道家書之情況。總之，請不強求可也。
天下事人興能之而如天緣的。如此說

平安

六.5.20 懷師

EAST WEST INSTITUTE
東西學院
901 Swinks Mill Road
McLean, VA 22102 USA
Tel:(703)848-2692

雨虹道友 並告同閱
尚德如見：念佛
寄來之稿函錄音帶 均收到 所云活在
此時此地以待新師 或禪師再來實現
只怕不成佛 不怕沒有眾生度 你應再蘊
釀成熟 將來可為一方之菩薩也
你如能自有办法來美 我極願你能
速來 然後再談今後前途 至於來美
路費機票 即無法信請 世忠先付
於我名下支用。
今學如何處理 可取閱我致 雨虹道侯
紙中法號
平安
87.5.20 老拙

第三十六封：一九八七年五月二十日之二

EAST WEST INSTITUTE
東西學院
901 Swinks Mill Road
McLean, VA 22102 USA
Tel:(703)848-2692

兩好道安暨世志 如見

我要當德補寫其少年讀書時的情況大略，而我想是你等之尾段，是為你掌教言而自立的信境，其重要比實學佛參禪的功德更為重要。當然，不是實自持那樣（自傳他不必再說）。同時，也是暗示將來為人師或長上的，應該為後學後進為其培養後進的信境。出家須知是信疑發揮的作用。故特補說明白。

87.5.20晚

老拙 又及

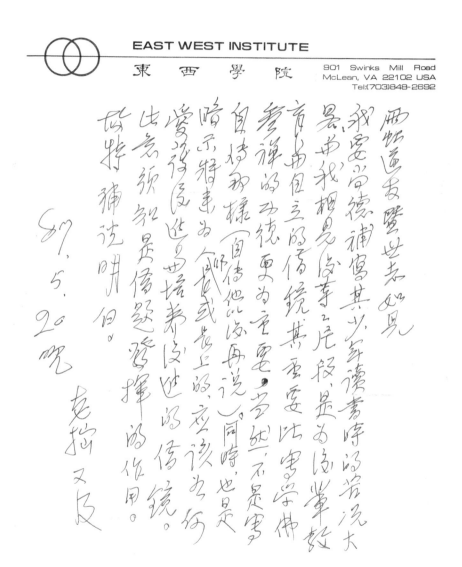

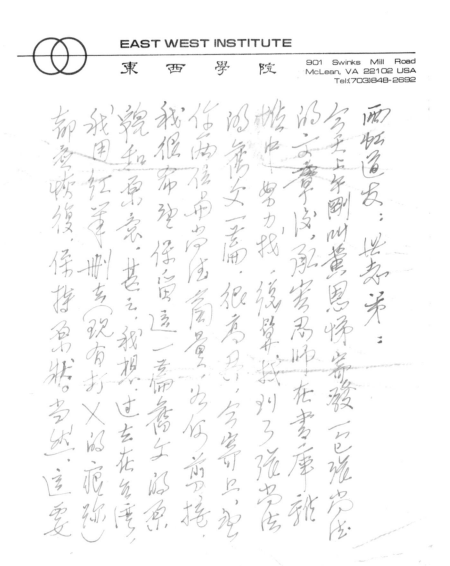

第三十七封：一九八七年五月二十一日

EAST WEST INSTITUTE
東西學院
901 Swinks Mill Road
McLean, VA 22102 USA
Tel:(703)848-2692

雨虹道友：世嘉弟：

今天上午剛叫黃恩悌寄發一包張尚德的文章資料，承宏忍師在書庫雜堆中，努力找，總算找到了張尚德的舊文一篇，很為難得，今寄上，望你兩位用心酌量，以作前提，我很希望保留這一篇舊文的原貌和原意，甚至，我想過去在台灣，我用紅筆刪去（現有打X的痕跡）都要恢復，保持原狀。當然，這要

EAST WEST INSTITUTE
東西學院
901 Swinks Mill Road
McLean, VA 22102 USA
Tel:(703)848-2692

由你去信研究決定。假如在本地，一切皆無問題。在我，我是無所謂的，反正總很快要出文光的書，文光的家世遭遇，恰如此說出，更為驚人和老人，（不是文光老人，是居高者吃不消）這是我必須要做的事，我已很多年怠停春秋之筆了。春秋筆也快要出麻煩了，甚不是味道。

總之：如法的，不必新寫，只把這幾

EAST WEST INSTITUTE
東西學院
901 Swinks Mill Road
McLean, VA 22102 USA
Tel:(703)848-2692

萬一前交通接起來就好了。
無此說
平安
6/、5、外、克盛
照阿天又有一包我的詩稿到，
總必滿了世兄的願，要安排詩
作等了。

第三十八封：一九八七年六月十二日

EAST WEST INSTITUTE

東西學院

901 Swinks Mill Road
McLean, VA 22102 USA
Tel:(703)848-2692

西虹道友左右　六月百手書閱悉

探親及移事，此大父周思，此為意中事，亦無所謂癡。到時自解脫，故亦且待之。

榮居寫文，亦為應酬語，你當認真，則為不智，你後此皆似做戲，我想你亦所欲做作而已。今當早作了結為好。

此君文，無論如何照實，亦不過如此而已，亦不必等。如你們決心作，不管任何人情即可。水停百日即生毒，雲長蕭蕭多多，執刻不去不。

如有疑難，即告知。專此　祝

安

87.6.12 [illegible]　老拙

第三十九封：一九八七年六月二十八日

EAST WEST INSTITUTE

東　西　學　院

901 Swinks Mill Road
McLean, VA 22102 USA
Tel:(703)848-2692

雨虹道友左右　六月廿二日信悉

袁老想要印的金剛經已電話中告知

張尚德不必一切只是隨人所願而已

你講的兩書我看過如方便請轉告

古老買兩本寄來不便算了

近日台北來客不絕於途亦一苦也

餘不贅　即頌

平安

老拙

87. 6. 28.

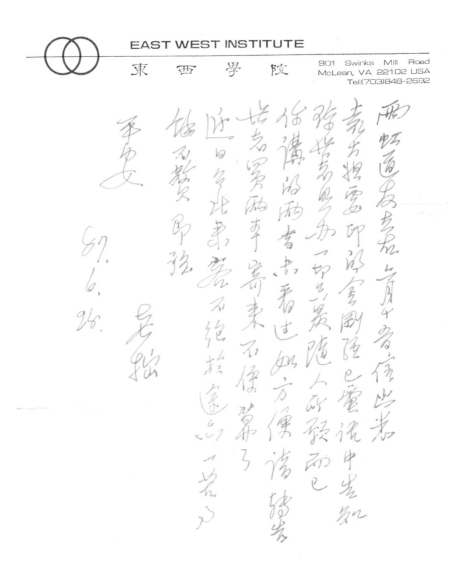

第四十封：一九八八年元月二十六日

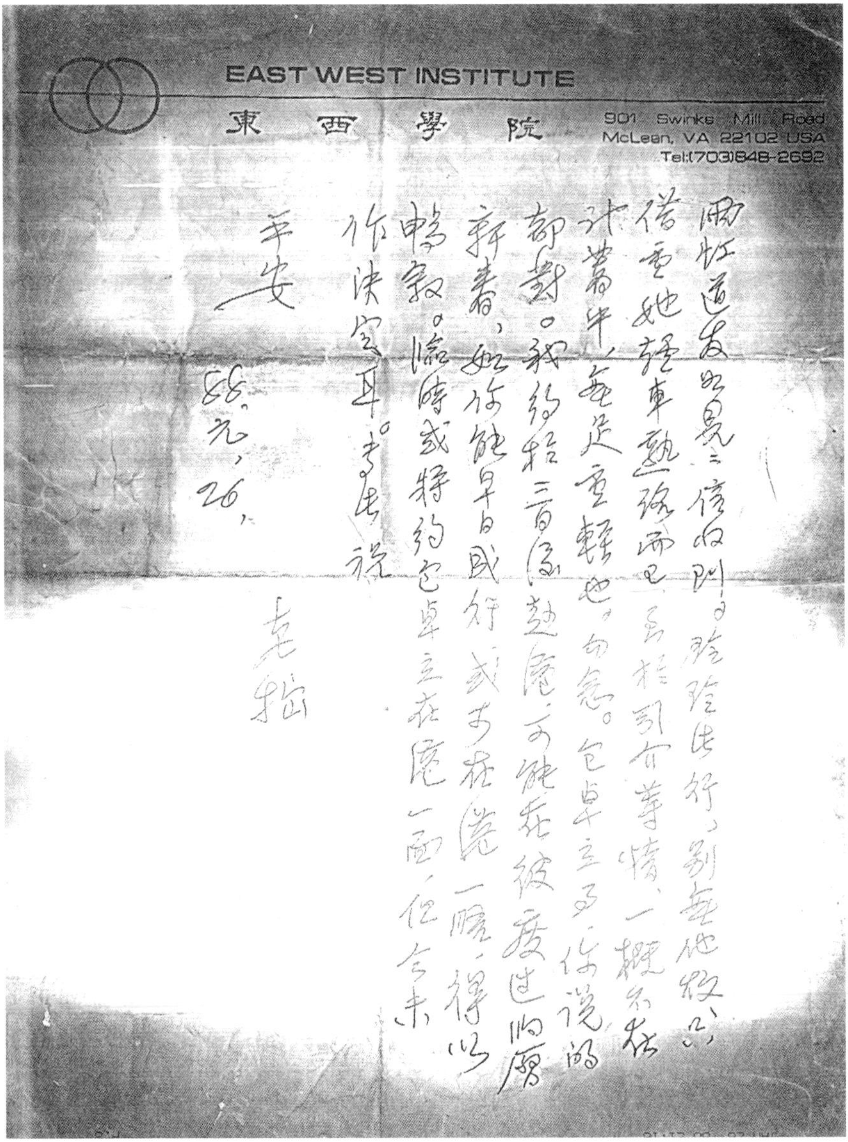

EAST WEST INSTITUTE

東西學院

901 Swinks Mill Road
McLean, VA 22102 USA
Tel:(703)848-2692

國忠道友如晤：二信收閱。日昨出行，別無他故，只借雪地騎車遊玩而已。至於別有等情，一概不在計算中，無足重輕也，勿念。台卓立兄，你說的都對。我約他三月底赴庵，可能在彼度過[illegible]辦者，如你能早日成行，或可在庵一晤，得以暢敘。臨時或特約台卓立在庵一面，但今未作決定耳。專此 祝

平安

88.元.26.

老拙

第四十一封：一九八八年八月三十日

EAST WEST INSTITUTE
東　西　學　院

901 Swinks Mill Road
McLean, VA 22102 USA
Tel:(703)848-2692

兩虹道友

手書信早已由此間，因忙且懶，稽覆良歉。所謂風雲子，猶如層巒之煙，不足為我之大患，應無所謂。來信中言及將馬不停回頭草之譬，實有引喻失義之嫌，看來不覺可笑，然亦無所謂也。行廉道友已來過，與之一晤，忽又離去，且未聽我細談，為憾。據告，近擬時當再來，詳談云云。我請多九恒，惟厭此時氣氛，是一障也。祝

手安

并謝閣下雅意

七七拙

88.8.30

第四十二封：一九八八年十一月三日

EAST WEST INSTITUTE
東西學院
901 Swinks Mill Road
McLean, VA 22102 USA
Tel:(703)848-2692

兩收道友來書：你自云從地獄還陽。但我却見你發心更真切，可喜可賀。所提宏法找人事，我意求人不如求己，如你提昇而出，則你所提之人，皆可為輔。不然，此等人皆已提其增上慢心一旦從其發心之處，變之反成害之，永墮難返矣。為此等事，我已有經驗，平生就埋了好幾位，為業，為更甚之，為業，皆為高師太早，久久自入歧途也。總之，今人根基淺薄，不知師道之難，往往以作謙恭，實皆將為人師者，不可再作慈悲，造福害，方便出下流

EAST WEST INSTITUTE
東西學院
901 Swinks Mill Road
McLean, VA 22102 USA
Tel:(703)848-2692

之學。至少，我是如此。

況且彼岸待渡者，數以億計，正如你所

言，他能追闡弘揚，實是一勝事，殊覺

欠缺，我當助之。餘不贅叙。即祝

平安

89.11.3.

老拙

EAST WEST INSTITUTE
東西學院
901 Swinks Mill Road
McLean, VA 22102 USA
Tel:(703)848-2692

西虹道友：昨閱所謂顯密圓通講稿，紕漏百出，記錄理氣不相啣接、必須要重講，至少，要仔細修整。否則、切切不可濫竽出版，如此表發出後，來所出諸書，不但台灣內外人士皆表不滿，即如大陸人士看了，亦表示書（內容）好的，可惜未經修整，錯誤太多。老古一開始，常發表於時代由出版書刊，不是欺世盜名，有益於世。但一自我覺之後，從此便無聞焉，幾乎（除拳全部）所有出版，有意無意之~~間~~，皆無成欺世盜名之嫌。

EAST WEST INSTITUTE
東西學院
901 Swinks Mill Road
McLean, VA 22102 USA
Tel:(703)848-2692

你的密願甚好，我必促其完成，以滿你願。適李淑君返台，法講及大佛經過，他皆在場，台責成其從速修整，我再大致瀏覽一遍，以勉強為可再說。

你的事，我極為耽心。須知老年友人難得，一次相見一次老，他日之緣不可必。故此次要幫忙你，不是錢的問題，是心意問題。然而你固執甚深，亦不可強。現在我想送此錢（加藥）作為方便，你必須快辦，我們講巴搭士之件。也可做為我送你敬禮物，自存用，為你用，一切皆在你意自運用。望助弟接洽。古道方面，要此件十四日寄，當發出

EAST WEST INSTITUTE
東西學院
901 Swinks Mill Road
McLean, VA 22102 USA
Tel:(703)848-2692

出家善見，甚之，以家為美見者之。由此可歎說，此物用處甚不惡也。因新病初愈，趕時付以郵寄掛號，潦草之至。祝

好

師侶

老拙

懷師的四十三封信

建議售價・250元

編　　者・劉雨虹

出版發行・南懷瑾文化事業有限公司

網址：www.nhjce.com

董 事 長・南國熙

總 經 理・饒清政

總 編 輯・劉雨虹

編　　輯・古國治　釋宏忍　彭　敬　牟　煉

記　　錄・張振熔

校　　對・歐陽哲

代理經銷・白象文化事業有限公司

412台中市大里區科技路1號8樓之2（台中軟體園區）

出版專線：（04）2496-5995　傳真：（04）2496-9901

401台中市東區和平街228巷44號（經銷部）

購書專線：（04）2220-8589　傳真：（04）2220-8505

印　　刷・基盛印刷工場

版　　次・2019年10月初版一刷

設計編印 白象文化

www.ElephantWhite.com.tw

press.store@msa.hinet.net

總監：張輝潭　專案主編：吳適意

國家圖書館出版品預行編目資料

懷師的四十三封信／劉雨虹編．－初版．－臺北市：南懷瑾文化，2019.10

面：　公分

ISBN 978-986-96137-5-0（平裝）

863.55　　108014195